U0597018

全民微阅读系列

遍地绽放的阳光

韦如辉　著

百花洲文艺出版社
BAIHUAZHOU LITERATURE AND ART PRESS

图书在版编目（CIP）数据

遍地绽放的阳光 / 韦如辉著 . — 南昌：百花洲文
艺出版社，2019.10
ISBN 978-7-5500-3380-1

Ⅰ . ①遍… Ⅱ . ①韦… Ⅲ . ①小小说—小说集—中国
—当代 Ⅳ . ① I247.82

中国版本图书馆 CIP 数据核字（2019）第 203099 号

遍地绽放的阳光
BIAN DI ZHAN FANG DE YANG GUANG

韦如辉 著

总 策 划　伍　英
策划编辑　飞　鸟
责任编辑　杨　旭　刘玉芳
封面设计　辰麦通太设计部
出版发行　百花洲文艺出版社
社　　址　南昌市红谷滩新区世贸路 898 号博能中心 A 座 20 楼
邮政编码　330038
经　　销　全国新华书店
印　　刷　永清县晔盛亚胶印有限公司
开　　本　710mm×1000mm　1/16
印　　张　14.5
版　　次　2020 年 9 月第 1 版　2020 年 9 月第 1 次印刷
字　　数　236 千字
书　　号　ISBN 978-7-5500-3380-1
定　　价　58.00 元

赣版权登字 05-2019-242
版权所有，侵权必究

邮购联系 0791-86895108
网址 http://www.bhzwy.com
图书若有印装错误，影响阅读，可向承印厂联系调换。

文化自信从读写开始

杨晓敏

近年来，随着互联网技术的不断推广升级，现代信息技术已充斥各行各业。微博、微信、微小说、微电影，各类"微"产品，以网络阅读、手机阅读、电子器阅读、光盘阅读的形式，进入大众视野，但这种碎片化、快餐式的电子阅读，仅仅可以作为传统阅读的一种有效补充与辅助，却不能完全代替传统阅读。

我国经济建设的腾飞，带动并刺激着文化事业的极大进步，而文化软实力的增长，又为经济跨越式发展，提供着强势的智力资本的支持。正是这种强有力的智力资本支持，慢慢建立起我们的民族文化自信。

学习的基本途径就是阅读。一个人的阅读力量，决定个人学习的力量、思考的力量、实践的力量；所有人的阅读力量，决定一个民族文化的力量、精神的力量、创新的力量。伟大的中华民族复兴之梦，要靠全国人民共同来缔造实现。提高全民素质，提升全民文化自信，繁荣民族文化，从阅读开始。

为了提高全民素质，建设书香社会，政府正采取一系列有效举措，营造阅读环境，倡导全民阅读。譬如开展"读书日""读书月"活动，一些省市地区通过整合全民阅读资源，打造了一批有广泛影响力的全民阅读"书香"品牌，还有些地区成立"农民书屋"，送书下乡，让书香墨香飘进寻常百姓家。

作为近三十年才成长起来的一种新文体，小小说的质朴与单纯，简洁与明朗，加上理性思维与艺术趣味的有机融合，及其本色和感知得到、触摸得着的亲和力，散发出让青少年产生浓郁兴趣的魅力。小小说是一种新文体的再造，那些优秀的小小说作品，是智慧的浓缩和凝聚，是一种机巧的提炼和展开。小小说是训练作家的最好学校。小小说贴近生活，紧扣时代脉搏。大千世界，瞬息万变，小小说能以艺术的形式，不断迅速地反映生活热点，传导社会信息，是开启社会生活的一扇窗口。小小说可以培养青少年的想象力，让他们展开飞翔的翅膀。近些年来，大量小小说编入高考作文，入选各类优秀阅读丛书，正为越来越多的年轻读者所喜爱，显示出它强大而茁壮的生命力。

北京辰麦通太图书有限公司提供的"全民微阅读系列"图书，至今已编辑出版 200 多册。它以全力助推全民阅读为宗旨，以务实求精的编选作风，为读者精心遴选了大批风格各异的小小说佳作，引领读者步入美好的阅读丛林。

北京辰麦通太图书有限公司有着具有超前市场运作意识的优秀团队，在图书制作过程中，不但追求内容的丰富多彩，在装帧设计方面，也力求超凡脱俗。在众多中国梦新时代文学丛书系列中，它像一朵充满朝气与活力的奇葩，正逐步形成自己恒久的品牌和名牌效应，为提升全民文化自信、实现中华民族伟大复兴，增砖加瓦。

杨晓敏，河南省获嘉县人，生于 1956 年 11 月。河南省作家协会副主席、河南省小小说学会会长。曾在西藏高原服役 14 年。曾任《小小说选刊》《百花园》主编 20 余年，编刊千余期，著述 7 部，编纂图书近 400 卷。

前　言

微型小说是小说"四大家族"中的重要一员，素以微言大义而著称。

相对于长篇、中篇和短篇而言，微型小说就是小，这也是它作为一种独立方式而存在的小说式样。如果说长篇小说是汪洋大海，中篇小说恰似大江大河，短篇小说宛如湿地湖泊，那么微型小说呢，好像是山泉溪流。汪洋大海有它的惊涛骇浪，大江大河有它的波澜壮阔，湿地湖泊有它的婉约大方，山泉溪流则有它的叮咚细腻。在小说的架构上，大有大的高远，小也有小的美妙。

在微型小说的内容上，它惜墨如金，甚至到了吝啬的地步。正是由于其篇幅短小，才不允许其像长、中、短篇那样枝枝蔓蔓，华阴如盖。微型小说可能就是在小说这棵亭亭玉立的大树上，取一枝一叶，一藤一蔓，乃至大树上的一颗露珠，一缕暖阳。

在微型小说的艺术形式和风格上，与其他小说式样也有明显的区别。有人说，微型小说是微雕艺术。其实，这个比喻非常恰当。在一棵核桃上雕刻一幅作品，与在平地上起一座建筑，所运用的工具是不同的。建筑的气势恢宏，掩盖不了细微刀工下的精美。

在小说语言的运用上，微型小说也有其本质的要求。微型小说一句话是一句话，来不得半点含糊，来不得一点拖泥带水，必须精准到位，去其泥沙，存其精华。

同时，在其思想内涵上，微型小说丝毫不亚于其他小说式样的功能和作用。它同样以其睿智，给人启迪；以其深刻，发人深省；以其灵活，令人顿悟。

近年来，微型小说呈现前所未有的发展态势。不仅因为众多的写作者精于此道，乐此不疲，还因为阅读者的专注，对它的钟爱有增无减。加之，信息时代的高节奏和快传播，使微型小说无处不在，无地不有。打开电脑，拿起手机，篇幅短小的微型小说就会像阳光一样跳出来。

随着时代的发展和科技的进步，我们有信心相信，微型小说必将迎来其发展壮大的又一个山花烂漫的春天。

目 录

第一辑　大道至简

大道理，往往是最简单的道理。也可以说，简单的道理中，往往隐含着大道理。一篇1500字左右的微型小说，往往在攫取生活中的一个片段时，在传递一个生命讯息时，在讲述一个普通的故事时，在偶拾记忆中一个美好瞬间时，恰恰在说一个简单的大道理。一篇篇微型小说，像一颗颗璀璨的珍珠一样，闪烁着哲学的光芒。

偏　方

　　老安只是一个日出而作日落而息的农民，人生原本没有一点光华，而他的两个儿子都考上了名牌大学，为什么呢？难道他真有偏方？在一再追问之下，老安亮出了他的"偏方"。但是，老安的"偏方"还是在层层掩护下淹没了。

　　老安的大儿子考上了清华。

　　老安的二儿子考上了北大。

　　整个小村沸腾了。

　　村主任给乡长汇报：我们村是风水宝地哩。

　　乡长给县长汇报：我们乡是风水宝地哩。

　　县长对县电台、电视台和县报的记者说，我们县是风水宝地哩。

　　记者就像一窝蜂，一起从县里飞向乡里，从乡里飞向村里。而后从村里飞向村主任家，又从村主任家飞向老安家。

　　老安家车水马龙。

　　村里车水马龙。

　　乡里车水马龙。

　　很快，县里的消息也像一窝蜂，一起从县里飞向省里。

　　省里把县里夸得像一朵花。

　　县里把乡里夸得像一朵花。

　　乡里把村里夸得像一朵花。

　　村里把老安夸得像一朵花。

村主任神秘地对乡长说，你知道我们村老安家成功的秘诀吗？

乡长摇摇头。

村主任把嘴凑到乡长的耳朵上。

乡长点点头，而后竖起大拇指说，偏方啊偏方。

乡长神秘地对县长说，您知道我们乡老安家成功的秘诀吗？

县长摇摇头。

乡长把嘴凑到县长的耳朵上。

县长点点头，而后竖起大拇指说，偏方啊偏方。

最早的时候，是老安把嘴凑到村主任的耳朵上。老安说，就这，千万别跟别人说啊。我只跟您说，不怕丢人。别人知道，还不丢死人。

村主任说，你老安还不相信我，这世上你可以不相信任何人，包括你老婆，你都不能不相信我。我是啥人，你难道不知道？村主任说这话儿的时候，明显带有不满的情绪。

老安手忙脚乱。村主任，我不相信您，不知道您的好，还能跟您说？

记者的报道连篇累赘。有的记者说，老安的祖上就是文化人，他们家是一脉相承的结果。又有的记者说，老安一生面朝黄土背朝天，穷则思变。老安的儿子，是穷人家的孩子早当家啊。还有的记者说，老安有重大战略眼光，知道重视文化，知道科学技术是第一生产力的科学内涵，是理论联系实际的结晶……

老安一脸的茫然。

村主任一脸的茫然。

乡长一脸的茫然。

县长一脸的茫然。

老安两手一摊，对村主任说，怎么会这样呢？

村主任不语。

村主任两手一摊，对乡长说，怎么会这样呢？

乡长不语。

乡长两手一摊，对县长说，怎么会这样呢？

县长不语。

这个偏方，只有老安知道。老安的门后面挂两根棍。老安曾对村主任说，槐树的是打老大的，桑树的是打老二的。

村主任对老安说，知道了，别对人家说了。

乡长对村主任说，知道了，别对人家说了。

县长对乡长说，知道了，别对人家说了。

大事小事

老麻退休后，在走走逛逛中发现一个安全隐患。老麻觉得这事不是小事，不断向有关部门反映情况。尽管老麻反映的事大，而别人却没当回事，导致老麻很纠结。最终，无可奈何而又不懂用电知识的老麻，付出了生命的代价。

老麻退休之后，喜欢到处走走逛逛。一来锻炼锻炼身体，二来消磨消磨时间。

一天，老麻逛到梦蝶湖公园。公园刚对外开放，来来往往的游人还真不少。走着逛着，老麻来到湖边的一个小亭子里，看到亭子的东南角装有一个绿色的配电盘，一条崭新的铜芯线露出耀眼的一截新铜。这截露出来的铜线，可能是施工人员一时疏忽，完工时忘记缠上绝缘胶布。

老麻觉得这事不是一件小事。若是哪个顽皮的孩子，站到石凳上伸手碰着，可不得了。或者说，用不绝缘的东西戳上，也不得了。搞不好，要出人命的。

尽管湖面吹过来的风有些凉爽，老麻的后背还是热乎乎的。

老麻找到公园管委会，办公室里有一个小伙子在打电话。老麻说，小同志，我来向你反映一个问题。小伙子边点头应着，边招呼老麻坐下，坚持将那个电话打完。小伙子放下电话问，老同志，您找我有事儿？老麻说，我来向你反映一个问题。小伙子问，问题？什么问题？您说您说。老麻告诉他湖边亭子里露出铜线，不安全。小伙子说，谢谢您，老同志，小事，回头我们做一些安全措施。老麻临出门，又转身叮嘱小伙子，这事虽小，来不得半点马虎，说不定会弄出大事来。

老麻走在回家的路上，风轻轻吹着，有几朵白云在天空中自由飘着，身后和脚下好像起了风。

过了一个星期，老麻不知不觉又逛到梦蝶湖公园，不知不觉又来到湖边的那个亭子里。老麻不知不觉抬头一看，那块铁制的配电盘还在，那截裸露的铜线还在。老麻的心咯噔一下，仿佛电击着似的。

老麻觉得这事不是一件小事。若是哪个顽皮的孩子，站在石凳上伸手碰着，可不得了。或者说，用不绝缘的东西戳上，也不得了。搞不好，要出人命的。

老麻想，看来他们对我反映的问题不够重视。现在的年轻人呐，太浮躁太圆滑太不踏实了。

老麻又来到管委会的办公室，正好上次接待他的那个小伙子在。老麻说，小同志，上次我向你反映的问题没解决，不会给弄忘了吧？小伙子将头从电脑里抬起来说，上次向我反映问题？啥问题？老麻心里有点不高兴，仍然耐心地将问题表述一遍。小伙子左手一拍脑袋，仿佛想起了。忙说，对不起，老同志，这一阵子工作太忙，那件小事我给忘记了。老麻不失时机地纠正，小同志，怎么是小事呢？搞不好要出人命的。小伙子已经看出老麻的不高兴，一边向老麻赔不是，一边保证尽快将保护措施落实到位。老麻走出管委会的大门，小伙子还冲着他的背影保证，这两天我们就弄，老同志慢走啊。

外面下起沥沥渐渐的小雨。老麻没带伞，却坚持一脚踏进雨帘里。

又过了一个星期，老麻走着逛着，不知不觉再逛到湖边的小亭子里。让老麻感到十分生气的是，那截铜线仍然顽强地裸露着。老麻愤愤地说，太不像话了，竟然拿这事当儿戏。要是真弄出事故来，谁承担这个责任！老麻在台上的时候，是个出了名的威严领导，他决不会允许这种不负责任的现象发生的。

老麻气哼哼地向管委会办公室走去，由于走得又急又快，一头撞到一个中年人的怀里。中年人刚想发火，一看是老麻，马上毕恭毕敬。麻市长，您老来这儿干什么？老麻也认出中年人，自己的老下级，叫马晓明。老麻余怒未消告诉马晓明，晓明啊，这些人太不负责任了。马晓明惊出一身冷汗，自己管理的管委会，竟挨了老领导的批评，并且让老领导气得不轻。如果气出毛病来，怎么对得起他老人家？马晓明把老麻扶到办公室里，倒上一杯热茶。一边向老麻检讨工作，一边拍着胸脯保证，一定将这件事处理好处理妥当。

三天后，老麻刚要出门走走逛逛，接到一个陌生电话。电话里一个男中音说，你是麻国民吗？老麻说，是。你是不是吃饱了撑的，你这么个大领导，跟我们这些下人过不去干什么？我们可是靠血一点汗一点挣点小钱养家糊口的。老麻觉得问题严重了，忙问你是谁，我哪一点得罪你了？别问我是谁，反正我下岗了！那头"啪"一声将电话挂了。

老麻一屁股坐在沙发上喘着粗气，身体颤抖得跟屋外的树叶儿似的。

再一个星期，老麻又逛到公园湖边的小亭子里，再次发现那截铜线还在裸露着。

这次老麻没去管委会，也没去找马晓明，而是去了新民街的一家五金店。老麻花两块钱，买来一卷黑色的绝缘胶布。

老麻想，自己动动手，将胶布缠上不就行了。

可是，不懂用电知识的老麻触电了。经抢救无效，不幸逝世。

找　人

　　老安到城里卖西瓜，遇到了麻烦，便想起了从村子里混出来的我。几经周折，老安见到了我。老安喊了我的小名，让我很难看，装作不认识老安，由此而丢失了一个村庄。

　　老安把一车西瓜弄到城里，想卖个好价钱。有了这个想法，都源于儿子的录取通知书。那一串子关于钱的数字，逼迫老安要把西瓜弄到城里，卖个好价钱。

　　但老安旺盛的想法，还是被城管冷酷地浇灭了。城管说，你怎么能在街心花园广场卖西瓜？

　　老安仿佛说了一车的好话，也没能把自己的西瓜从城管手里弄回来。

　　老安就想到了我，我是老安在城里认识的唯一的人。老安曾在城管面前提起过我，但老安忘记了我的大名。老安说，他是科长哩。城管说，城里的科长，一个王八盖从天上掉下来一次能砸仨。老安不知道我的电话，却冒冒失失地摸到了我单位的大门口。

　　门岗问，找谁？

　　找孬孩！老安响亮地回答。孬孩是我的小名，老安就知道我这个名字。

　　门岗眼睁得像鸡蛋似的，嗨，骂谁呢？这院子里可都是国家干部。

　　老安知道门岗误会了，便慌忙递上一支烟解释。孬孩是我一个庄子的，他得喊我叔哩，我有点急事儿找他呢。

　　门岗的确不知道我就是孬孩。他只有再问，你说的孬孩姓啥？

　　王，姓王，还是科长哩。老安以为门岗想起是谁了，迭不连声地重复着自己的回答。

　　门岗犯难了。姓王的是大姓，姓王的科长这楼上楼下也有二十多，他说的是谁呢？又不能逐个打王科长的电话，问你是孬孩吗？不行，太不礼貌了，搞不好还得闹误会。

门岗只得又深入一步。他是哪里人？门岗问过这句话之后，才发现自己是画蛇添足。即使老安说出孬孩是哪里哪里人，自己也搞不清楚。最后，门岗采取了一个折中的办法，对老安说，就在这儿等吧，别眨眼，过一个人看一个人，还能瞅不着？

那天我正忙，组织部的陈部长来了。组织部部长是个掌握政治命运的人物，单位上上下下都忙得屁滚尿流的。确切地说，那天我更忙。因为陈部长表面上是来考察工作，实际上是为了我的事儿来的。陈部长对我们单位的头儿说，小王这个同志不错嘛。年轻，有学问，又有干劲，是棵好苗子嘛。陈部长的话到此为止，就够头儿思索两天的了。陈部长说完这些话儿后要走了，谁也留不住。所以我跟在单位的头头脑脑们下楼送陈部长。陈部长说，别耽误了工作，工作最要紧嘛。但是这一条，我们没有听陈部长的，我们仍然坚持送陈部长。

那时老安正好瞅见了我，眼睛红红的，似乎要落下泪来。

无论他怎样跺脚使眼色，我还是没有注意到他，我的精力始终在陈部长那儿。老安急了，喊了句，孬孩！

我下意识地回了一下头，才注意是安叔。但这个时候我不可能理他。一来是陈部长即将出大门上车；二来呢，你老安喊我小名干吗呢？你以为我的小名好听吗？嗯！因此我只回了一下头，便紧跟着送陈部长的队伍。

送走陈部长，我找不到老安了。老安仿佛是一滴豆叶上的露珠，一下子被风干了。

年底，陈部长交代我。小王啊，交给你一个重要的任务，把新四军在我县的活动情况收集一下。找一找你老家的老人打听打听，据说当年新四军就是在你老家一带频繁活动的。陈部长想出一本书，里面就缺这方面的素材。我满口答应。心里说，等我把材料收集上来，顺便再跟陈部长提一提我个人的事儿。

到了老家的村口，正好碰见老安。我笑脸相迎，叫了一声安叔。老安一改往昔的热情，只说了句王科长回来了，便挑着两只空桶下地去了。

回到家里，父亲见了我就开始数落老安。不知好歹的东西，小名是随便叫的吗！我说，爹，算了，村子里的老少爷们过去不都叫我小名吗？

此后的几天，我的材料收集得很不成功。大伙儿不叫我孬孩了，都叫我王科长。

我心知肚明，一个称号，让我丢失了一个村庄。

规　矩

　　思想封建的婆婆，为了给娶进门的媳妇立规矩，心里打了无数个小九九。在日常生活婆媳的冲突中，媳妇吃尽了苦头。可是，当媳妇生了个大胖小子，婆婆的态度发生了一百八十度的大转变，媳妇却给她立下了规矩。

　　桂花娶进门。

　　娘对立新说，得给她立规矩。

　　立新正在整理着晒场，麦子一天天由青变黄，眼瞅着就到收获的季节。立新看一眼娘，娘立在场边，双手抱在胸前，像一尊表情严肃的煞。立新没有回答娘，仿佛娘是对别人说的。娘又叫一声立新，语腔里明显带着药味儿。立新知道娘有点儿生气了，娘就是这样要强的人，眼睛里揉不得一星点儿沙子。立新停下手中的活儿，直起腰来，向地那头望去。一团耀眼的红，仿佛一堆火苗在立新眼里旺旺地燃烧。立新的媳妇儿桂花，还沉浸在新婚的喜庆里。村子里的调皮孩子们，也看到立新地头的那团红。孩子们唱：新媳妇新又新，两个奶头有半斤……孩子们的儿歌一声高过一声，随着暖暖的风儿，传到桂花的耳朵里，桂花的脸蛋也升起两片红。

　　立新狼吞虎咽地吃罢饭，嘴一抹，点着一根烟。娘还在吃饭，把立新吃剩的菜吃得有滋有味。娘拿目光盯立新，立新已经觉察到了，但立新装作若无其事的样子。桂花在厨房里喊，立新，把碗筷收过来，我在刷哩。桂花的喊声绵绵的，有点儿似猫叫，撩得立新心头痒痒的。立新吐一口烟，眼睛的余光碰到娘的目光，立新感到被谁用棍子戳一下，才刚软下来的心肠又石头般冰冷坚硬起来。桂花又猫叫一声，立新，你听见没有？立新早已听见，而且听得真真切切，立新却如院子里的那棵槐树纹丝不动。

晚上，立新的屋子里传出玻璃粉碎的声音，然后又传出桂花嘤嘤的呜咽声。

日子就像跑着过似的，转眼就到了年关。

桂花早早准备了一些东西。今年是桂花回娘家的第一年，无论如何礼物要办得体面些，免得娘家嫂子笑话。桂花起早的时候，抓了两只鸡。鸡被拴了腿，在院门前咯咯嗒嗒地叫。桂花怕鸡饿了，又撒上一把麦。两只鸡争食，一会儿便真刀真枪地打斗起来。鸡是必须准备的，两家都图个吉利。桂花问，还准备些什么呢？说啥得准备四色礼呀。娘和立新都在院子里站着，站着看那两只鸡战斗着。立新一脸的兴奋，说斗啊斗啊。娘的脸上没有立新脸上的喜悦，娘在盘算着那两只鸡浪费她多少麦粒儿。桂花的那句话儿，好像是对娘说的，又好像是对立新说的，也好像是自言自语。不论是对谁说的，桂花的观点很明确，那就是少了四色礼，是不好看的。娘俩儿只顾看斗鸡，对于桂花的立场，总是不咸不淡的。桂花明显感觉到不和谐的气氛，桂花不由自主地想起自己没过门的时候。立新娘托媒人三天两头往桂花家跑，桂花家的门槛都被媒人踢踏破了。每次下礼也很重，不是四色礼，就是六色礼。桂花想起往事，眼圈红红的。

桂花一去娘家，就没有回来。

立新蹲在槐树底下抽闷烟。打春有些日子了，槐树已经吐了芽，有的枝条槐花已露出笑脸。娘说，立新，得上一趟集，家里的油盐都没有了。立新不说话，只顾吸烟，院子里的空气被他弄得乌七八糟的。

桂花是被娘家哥送回来的。桂花的肚子已隆起老高，仿佛一个枕头塞在胸下的衣服底下。

又快到了年节，桂花生了个大胖小子。

娘和立新乐得屁颠屁颠的，满村子报喜，像两只喋喋不休的下蛋鸡。

桂花倚在床上，乳头把孩子的嘴塞得满满的。

桂花说，得杀一头猪，杀一只羊！娘和立新都站在院子里，院子飘荡着厨房散发出来的肉香。桂花那话儿仿佛对娘说，又仿佛对立新说，也仿佛自言自语。

娘说，好！立新也说好！

桂花又说，得租一班响，不要张家的，也不要李家的，就要朱家的。

娘说，好！立新也说好！

桂花再说，娘家人得去接，所有娘家来的人得坐堂屋，不能坐偏房。

娘说，好！立新也说好！

……

娘对立新说，这孩子咋这么多规矩？娘说这句话儿的时候，嘴上笑眯眯的，脸上像撒了一把金子，亮闪闪的。

孩　子

同为邻居的张三和李四，同样有一个正在成长的孩子，孩子成为他们的全部。张三的孩子成绩好考上了大学，让孩子成绩差考不上大学的李四抬不起头。斗转星移，大学毕业找不到工作的张三孩子，却去李四孩子的厂里打了工。

张三和李四对门对户。

张三的孩子和李四的孩子又同在一个班。

张三和李四原来都在一个厂。后来，厂垮了，张三和李四也都下了岗。

张三的孩子成绩好，李四的孩子成绩差。

李四在张三面前抬不起头。有一次，张三对李四说，我们这一辈子算完了，秋后的蚂蚱蹦不动了。往后啊，就得过孩子的日子了。张三说过之后，大嘴一咧笑了笑，露出两排参差不齐的黄牙。

李四觉得张三在嘲笑自己，李四的腰在张三面前就弯了许多。

李四常拿张三的孩子教育自己的孩子。看看人家，同样是孩子，你怎么学的？你就不能不蒸馒头——蒸（争）口气？李四一开始气，后来像是祈求自己的孩子。

李四的孩子觉得很委屈，眼泪便在眼眶里打转转。孩子暗下决心，一定要撵上张三的孩子。

晚上，张三家的灯亮，李四家的灯也亮。张三家的灯不亮了，李四家的灯还亮。

仿佛是追太阳，李四的孩子永远撵不上张三的孩子。张三孩子的成绩还是好，李四孩子的成绩还是差。

过几年，张三的孩子考上大学，李四的孩子名落孙山。

张三的头昂得像匹马，而且曲不离口。李四的头耷拉得像只瘟鸡，在张三面前连咳嗽一声的勇气都没有。

李四便把憋在肚子里的火泄到孩子身上。他带孩子去打工，啥活儿脏他就让孩子干啥活儿，啥活儿累他就让孩子干啥活儿。

孩子毕竟是孩子，在李四跟前，孩子是弱势的、被动的和屈从的，而且又是无法反抗的。孩子也只有拼死拼活地干，才能换取自己在父亲心目中的位置。

孩子是个不错的孩子。孩子从汽配车间的小杂工干起，之后修理工，之后技术员。后来自己单打独斗开个修理部，再办修理厂，自己也成了一个名副其实的小老板。

张三的孩子转眼就毕了业。那段时间，张三像苍蝇似的到处乱飞。张三为孩子的就业问题焦头烂额。

无可奈何的张三找到李四，李四又找到自己的孩子，张三的孩子才到李四的孩子的厂里打工。

张三的孩子吃不了苦，况且在大学学的东西也用不上。李四的孩子便十分气愤，还大学生呢？杀了吃都不香。

李四的孩子气得嘴歪眼斜找李四，说八个好，也不能让张三的孩子在厂里呆了。

李四把饭桌敲得山响，斩钉截铁地说，那不行！都是老邻居，低头不见抬头见的。就是他啥都不能干，也得养着他，他总还是个大学生吧。

李四的孩子无可奈何，就等于养着张三的孩子。

张三在李四面前腰弯了许多。

李四拍了拍张三的肩膀，大嘴一咧笑了笑，露出两排参差不齐的黄牙。

空钱包

张三在大街上，捡到一个空钱包。本来没有什么大不了的，却让张三生出一个不太好的主意。张三不太好的主意，像一面镜子，将世人的嘴脸映照出来，令人唏嘘不已。

张三走在大街上，拾到一个空钱包。

之前，张三的心跳得扑通扑通的。发现钱包是空的后，张三的脸像是被谁掴上一巴掌，通红通红的。

张三觉得这事儿还没算完，空钱包戏弄了他。

于是，一个坏念头在张三脑子里生根发芽。

张三停下脚步，大声喊，这是谁的钱包？

众人回过头来，停下脚步。

张三接着喊，这是谁丢的钱包？

果然，有一个人走进张三。

那人小声问张三，钱包里有身份证？

张三回答，没有。

有一张欠条？

没有。

有没有两张等待报销的发票？

没有。

那么，一定有二百块钱？

没有。

那人气哼哼地走了，嘴里说，见鬼。

张三觉得这玩笑没有什么意思。既然钱包里什么都没有，谁要这空钱包干什么呢。张三悄悄转过身，神不知鬼不觉地从自己口袋里掏出二百块儿，塞进空钱包里。

张三再喊，这是谁的钱包？

众人逐渐向张三靠近，一会儿便水桶似的把张三围得水泄不通。

张三的兴致一下子高涨起来，张三接着喊，这是谁丢的钱包？

又一个人走近张三。

那人问，是不是黑钱包？

张三回答，是。

钱包是半新半旧的？

是。

钱包的挡里布是蓝底白花。

是。

钱包里有三百块钱？

张三刚想回答是，张三觉得不对。张三说，不对，是二百块钱。

那人对众人说，明明是三百块钱，他怎么说是二百块钱呢？

先前走近张三的那人也跟着说，这位先生什么都说对了，还能有假？

张三急了。张三说，就二百块钱嘛。说罢，张三把钱包掰开，让众人验证。

最后走上前的那人说，怎么能这样呢？我本来打算给他一百块钱喝酒的。

众人纷纷指责张三。

众口难辩，张三无奈又掏出一百块钱，连钱包一起给了那人。

那人气哼哼的，嘴里说，本来还打算给他一百块钱的。现在，哼！那人边哼，边消失到大街的人海里。

张三觉得十分窝囊，索性跑到街拐角的酒店里一醉方休。

从酒馆里歪歪斜斜地出来，街上的人流大多散去。张三醉眼蒙眬地看见李四跑向街心。张三刚想喊李四，还没喊出声，李四就被飞奔而来的一辆轿车撞倒。

李四血肉模糊，手里攥着一个半新半旧黑色的空钱包。

张三的酒立马醒了。张三心里说，财去人安。

结 果

　　高考结束后，为了缓解家庭的生活压力，孝顺的白小良去南方打工。一个偶然的事件，却让他与大学无缘。与大学擦肩而过的白小良，无法承受眼前结果对他的无情打击。

　　那一年，高考一结束，白小良就打算去南方打工。

　　白小良是个孝顺的孩子，白小良知道自己的父亲土里刨食不容易，想利用这个空闲为家里出一份力。

　　父亲不同意。父亲说，等结果出来，再去也不迟。父亲说的结果，指的是白小良的考试成绩。父亲盼星星盼月亮，只盼自己的儿子能够出人头地。

　　白小良听父亲的，父亲是白小良的依靠，也是白小良竭力想报答的一个人。父亲为白小良付出的太多，为了白小良，母亲去世后，父亲一直没有再找。

　　有一天，陈小虎突然出现在白小良的面前。陈小虎是白小良的初中同学，而且是白小良的同桌，两个人的私交相当不错。只是陈小虎的成绩差，初中没上完就不干了。但这些并没有影响他们之间的友谊，陈小虎还经常写信给白小良，鼓励白小良好好学习。在漫长的等待中，陈小虎的出现，让白小良激动不已。

　　那一次，白小良第一次喝了酒，而且还和陈小虎一块彻夜未归。

　　高考的成绩终于下来了，白小良考个满堂彩，全县的文科状元。

　　白小良的班主任还专门从县城赶来，指导白小良就报清华大学。班主任说，按这个成绩，报清华大学是没有问题的。

　　白小良的父亲高兴得疯了似的，见谁都夸自己的儿子有出息，不论认识的，还是不认识的。疯了的父亲开始变卖粮食和牲畜，给儿子准备去北京的学费。

　　临近开学的头三天，白小良被镇派出所的警车带走了。

　　警察问白小良，抢了多少钱？

白小良说，不知道。

警察又问，是陈小虎强奸的女司机？

白小良说，不知道。

警察桌子一拍，白小良，你别装蒜，陈小虎都交代了，你怎么会啥都不知道？

白小良那天喝得太多，对于陈小虎怎么抢劫的女出租，又怎么强奸的女的姐，白小良真的一点儿都记不清楚了。白小良努力地回忆那段噩梦，只记得自己和陈小虎是一块的。

父亲无论如何也不相信白小良会做那样丢人现眼而又伤风败俗的事儿。父亲对警察鼻涕一把泪一把地哭诉，白小良是个好孩子，那事儿不是白小良干的。父亲的哀求，对于铁面无私的警察来说，似乎没有一点儿说服力。

白小良被判了一年。

白小良的父亲这次真的疯了。有人亲眼看见，白小良的父亲捡羊屎吃。边吃还边说，小良啊，你也吃，可香呢。

白小良出来之后，真的去了南方。在南方的一座工地上，白小良和满身臭汗的我们成了真正的民工。

闲下来的时候，有人就试探着问白小良，当初，你小子没上女司机？

一开始，白小良十分愤怒，野蛮地揪下那人的一撮头发。在我们的一再劝解下，才没把半截砖头拍到那人的身上。

出现不愉快之后，再没有人敢问白小良那段往事。仿佛那段往事，是白小良永远的疤痕，谁也不敢揭。

繁重的体力劳动，还有毒辣辣的太阳，彻底改造了白小良。白小良的脸上一层加一层的黑色，可以遮住透进出租屋的光线。手上的一层又一层的茧子，可以用来打磨砖头和瓦刀。白小良也开始喝酒，打牌，说脏话，讲荤段子。

白小良喝多了酒，也去洗头房。从洗头房里出来，白小良绘声绘色地向大伙儿介绍与小姐发生的性关系。

大伙儿说，白小良不愧为读过书的人，也不愧为当年能考上文科状元的人。说起这些事儿来，比谁讲得都真实，都动人，都余味无穷。

大伙儿奉承起白小良来，也一套一套的。

白小良突然像死了父亲，鬼哭狼嚎地哭天抢地。那哭声，飘荡在南方的天空，仿佛具有巨大的穿透力，把整个工地震得都摇摇晃晃。

谁来了

几乎所有的国家机器和社会力量都在行动，这是为什么？本以为是重要人物的光临，没想到仅仅是为了迎接一个曾经的不幸者，而今发达的富人。如此阵势和重视，使社会观念得到极大的颠覆。

交警全部上街，岗亭上加强了警力。昔日的红绿灯下，站立着英姿飒爽的女警。女警全副武装，双手戴白手套，身材俊秀挺拔，动作干净利索，与红绿灯的配合天衣无缝。

工商人员三五成群，正在清理店外店。他们的语气很严厉，少了过去的劝说。几乎所有的工商人员都是一个口气：三个小时内搬完，否则，罚款三千。这语气，省略了许多的法律程序，包括陈述申辩和听证。

市容局正在对损毁的主干道护栏进行修补，原来有锈迹的地方，紧锣密鼓地加紧刷漆。油漆很白，阳光下有点儿刺眼。中午他们都没下班，有五六个人站在路边满头大汗地吃方便面。

环卫的洒水车倾巢出动。各主要干道，都跑着这些笨重的家伙。白色的水柱，扇面似的打开，正好覆盖整个路面。人群朝人行道散去，各行其道。相向而行的车子，立马摇上玻璃。跟在后面的车子只有耐着性子如影随形。有一个骑电动车的，没来得及拐进人行道，落汤鸡似的淋着水。街道两边发出唏嘘的笑声。

园林规划处的同志，在县界的省道口，用各种各样的鲜花，摆上一个大花坛。鲜花竞相怒放，五颜六色，姹紫嫣红。有白的，红的，黄的，紫的，蓝的……细一看，是五个字：热烈欢迎您！

社区的干部们根据职责划片包干，赤膊上阵，大打一场垃圾歼灭战。垃圾车左一趟右一趟地穿梭，垃圾堆越来越小。这些城市的毒瘤，正在被信心百倍的人们彻底铲除。仿佛只有苍蝇，嗡嗡嗡地围着垃圾车不肯离去。它们这些活跃分子，正在失去快乐的家园。

文化馆接到一项政治任务，抓紧排演一场既丰富多彩，又凸显地方文化特色的文艺晚会。馆长急坏了，脸上流的不知是汗还是泪。他在电话里哀求，您快点回来，机票给您全报，还安排专车到机场接您。演地方戏的一个名角，远在南方打工，馆长不得不像孙子一样地央求他。

城关二小和西关村幼儿园的院内，分别训练着一群统一校服的孩子。大一点的孩子练着舞蹈，小一点的孩子手里摇晃着彩带。老师一个动作一个动作地教，一个姿势一个姿势地练。她似乎还有点儿不耐烦，不过嗓子哑了，说话的声音越来越变调，好像要冒出火。孩子们的脸蛋红扑扑的，真像一个个熟透的苹果。汗水从头上流下来，通过额头，脸，流到嘴里，咸咸的，涩涩的。但他们有足够的耐心，无论扭、转，还是蹲、卧，都十分认真，生怕有哪一点做得不好，不到位。

城市的上空，有两个滑翔机不停地飞来飞去。滑翔机的噪音很大，飞来震耳欲聋，飞去还余音绕梁。

街道上迅速拉上横幅，如同从地底下一下子冒出来似的。横幅上有大体相同而又不一而是的宣传口号。横幅的下面，都有一行小字，分别写上某某局、某某办、某某处、某某校的落款字样。

大街上有许多闲人。大伙儿仿佛闷在家里无聊，都被这奇怪的现象吸引到街上去了。

大伙儿才想起来，这天是星期天。星期天，大家都在工作，都没有休息。

思维敏锐的人问，谁来了？

大伙儿伸出目光的触角互相探询，谁来了？

没人知道。

我打电话问一个单位的头儿。这个头儿平时跟我关系很铁，在我这儿，没有什么可以隐瞒的。头儿电话那头气喘吁吁的，不耐烦地说，没事儿玩去，别烦我。我推测头儿不是在加班，就是刚挨上边的批评。不然的话，不会对我发那么大的火。

第二天，这个城市仿佛脱胎换骨，空气中弥漫着芳香的味道。上街的人们，都觉得舒服极了。

一阵警笛忽然划破平静，一队车辆按编号从大街上驶过。每个车子都打着应急灯，并十分礼貌地保持着车距。

来了，大伙儿说。谁来了？大伙儿又问。

大伙儿还是摇着头。

晚饭的时候，我接到一个陌生的电话：五儿吗？

我问，你是？

那头说，唉啊，我是三儿。你让我找得好苦啊！你快点来，我在春色满园大酒店。

三儿，是我小学同学。那一年临放暑假，我一拳打掉他一颗门牙。

车把我接到春色满园大酒店，县委办的主任给我介绍，这是书记，这是县长，这些都是我们县六大班子的领导。主任还说，你是张三的同学，也来陪一陪张三。

我悄声问张三，你小子怎么混这么大？

张三哈哈大笑，一嘴的黄牙在灯光下十分扎眼。

张三后来在我们县办了一个工厂，很大，可以安排上万人就业。

再后来，我在张三厂里当上厂副，月薪八千元。

后来的后来，张三的厂冒出来的烟，把县城上空的太阳都弄黑了。

后来的后来的后来，厂子倒了，张三腰缠万贯走了。

张三说，跟我走，到外边发大财。

我没去。我说，我恋家，发不了大财，命穷。

丢 失

　　广场上在上演一个隆重的文艺成果展的同时，竟然意外地上演一出好戏。人们麻木而津津有味地观看着台下关于瓶子的好戏，忽略了台上的重要展演，人们到底丢失了什么？当然是重要的东西。

　　广场上举办一个隆重的文艺成果展演。音乐已经响起来，主持人开始在台上宣读展演规则。

　　台下坐满密密麻麻的方阵，这些统一制服却不统一颜色的人群来自各行各业。为了政治的需要，不得不坐在人头攒动的广场。

　　刚入秋的太阳依然很毒辣。虽说是下午三点，但烙铁一样的太阳，依然把我们这些被动听众弄得汗流浃背。

　　我们单位坐在方阵的 C 区，我是领队。在单位我是一名副职，此时作为领队算是当了一会儿正职。临来的时候，正职对我有过交代，一定要遵守纪律，展示我们单位的风采。可太阳不管那么多，它不会理会谁谁交代了啥，只管火辣辣地燃烧着。人群中不断出现一些骚动，有的人说话的语气十分刺耳。这时我决定每人买一瓶矿泉水，才使不安的人群稍微平静下来。

　　有人很快将水倒进肚里，扔掉空瓶。问题来了，空瓶滚到场边，两个拾破烂的人争执起来。台上的节目已正式开始，第一个节目是舞蹈。这个歌功颂德的节目，不知已演了多少场，每个动作和音节，脑海里都记得滚瓜烂熟。所以，我感兴趣的是那两个拾破烂的家伙。

　　一个脚踩瓶身，一个手攥瓶口。这一踩一拽，倒比台上的表演滑稽得有趣。一个说，我先攥着的。另一个却说，我先踩着的。当然，两个人都想将那个空瓶归自己所有。没有人给他们调解，只顾看笑话，看事态怎么发展，看台上台下哪个节目精彩，两个人就这样僵持着。

有人故意又扔了一个空瓶子。可能是想将两个人拉开，只要一个人去拾瓶，另一个瓶子就归另一个人了。而两个人没罢休，直把争瓶的闹剧推向高潮。台上换了一个节目，大合唱，也没有什么新意。

两个人开始动手动脚。站着的捋了一下蹲着的头，蹲着的也不示弱，腾出另一只手抢站着的腿。两个人口中开始不干不净，看来两个人是要较上劲了。

我们方阵又开始骚动，A区B区都鼓起掌，而我们C区都在观看两个人的战争。我作为领队，感到十分不安。万一我们的状况被哪个领导看见了，肯定会受到批评，搞不好还要通报。

我开始劝两个人离开，无效。我看软的不行，便换副严厉的口气，也无效。我心中一股无名火油然而生，心想，什么素质！

台上又换了两个节目，整台展演即将推向高潮。西沉的太阳也开始变了颜色，红红的光线把广场粉刷得流光溢彩。

两个争瓶子的，仿佛也达到了高潮。瓶子在他们的争执中吱吱呀呀，似乎发出痛苦的呐喊。我一口喝干了瓶中的水，本想扔过去，但我坚定了信心，坚决不让两个家伙捡到便宜。我宁可将空瓶子带走，扔到沟里，也不会让他们捡去。这两个没有素质的家伙！

主持人的串词说得很好，几乎把每一个节目都夸成一朵花儿。

终于，那只破瓶子一断两截。站着的捡个瓶下身，蹲着的得到瓶上身。这个结果的确不错，十分公平合理。两个家伙的脸上仿佛都流光溢彩。

他们接着又抢丢在地上的空瓶子，几乎将所有的空瓶子都装进自己的尼龙袋子里，唯有我的一只仍牢牢攥在手心里。

两个家伙好像都发现了我手中的空瓶子，都在虎视眈眈地盯住我。他们竟然想得到最后的空瓶子？没有素质、贪婪的家伙！其中一个往前靠一步，想在我脱手后捷足先登，但被维护广场秩序的警察制止了。

我想，他们就是哀求我，甚至给我下跪，我断然不会将空瓶子留给他们的。这两个没有素质的家伙！

天色暗了下来，霓虹灯代替了太阳的光芒，广场上响起最后的掌声。

A区B区进行有秩序地退场，我们C区也在站着等待。

两个家伙非但没有离开，还在目不转睛地盯住我。我心里突然想笑：这两个可怜的家伙！

我开始迈动脚步，一个拾破烂的家伙突然上前拽住我的胳膊，我已被汗水湿透的衣衫，立即印上肮脏的手印。

我发怒了，如一头被侵犯的黑熊。我说，你想干什么，没有素质的家伙！

另一个没扯住我手的家伙指在地上，结结巴巴地说，先生，您的钱包。

我的钱包，黑色的，真皮的，鼓鼓囊囊的钱包不知什么时候掉在了地上。

我无地自容。我突然想起我的父亲，生前也靠拾破烂供我上完了大学。

我惭愧，我丢失的不仅是一个鼓鼓囊囊的钱包，还有更为弥足珍贵的东西。

邻　居

　　张三和李四是邻居，而且是很要好的邻居，两个人乃至两个家庭在一段时光里不分彼此。一个小小的误会，却让他们一个去了城东，一个去了城西。现代社会的信任危机，发人深省。

　　张三和李四是邻居。

　　起初，张三不认识李四，李四也不认识张三。后来，张三和李四成为邻居。张三到李四家串门。张三说，远亲不如近邻啊。李四说，今后，我们两家不仅是邻居，而且还是亲戚。

　　过年的时候，李四率先给张三拎去两只鸡。张三过意不去，给李四送去两瓶酒。

　　张三跟李四走得很热乎，比亲戚还亲。有一次，张三两口子生气，老婆脚一跺回了娘家。老婆的娘家在东北，离这里一千多里地。张三得上东北请罪。临出门，张三把自家的钥匙交给李四。张三说，帮我看好门，还有小花，别苦了它。小花是张三养的小狗，小狗很通人性。李四说，你家就是我家，我照顾好小花义不容辞。

　　过了半个月，张三两口子从东北回来。小花又白又胖，见了张三活蹦乱跳欢天喜地的。张三打心眼里感激李四。

　　后来，张三家失盗了，少了五千元钱。张三报了警。

　　警察调查来调查去，也没调查出个所以然来。警察无奈地对张三说，门没撬，窗没动，出了家贼，自己解决吧。

　　警察拍屁股走人。张三再问老婆，钱放哪儿了？老婆杏眼圆睁，一脸的愤怒，都说几遍了，就放中间抽屉里的。

张三这才想到李四，心里不由得咯噔一下子。张三心里想，难道李四配了自家的钥匙？

十一长假，李四带老婆孩子去桂林旅游。李四临走的时候，把自家的钥匙交给张三。张三鬼使神差地配了一把李四家的钥匙。

张三曾在心里骂自己：小人！但一想到自家丢的那五千元钱，张三的心里就平静了。

李四从桂林回来，给张三大包小包带来许多土特产。李四说，谢谢啊！你把我家看得那么好。

张三脸红一阵白一阵，觉得对不起李四。有几次，张三差一点儿下定决心，把配李四家的钥匙给扔了。

有一次，张三心血来潮，趁李四不在家，去开李四家的门。李四家的门打不开。显然，李四换锁了。

张三像被李四掴上两巴掌，张三的脸红得像猴屁股。

城市变化很快，旧城不断变成新城。张三和李四住的房子要拆迁。

巧得很，赔偿两家的房子又是邻居。一个 301，一个 302。但是，两家没住，都卖了。张三搬到城东，李四搬到了城西。

老子的地盘

　　口口声声自称老子的父亲，喜欢吹牛皮，让儿子马小明非常反感，在同学的非礼下甚至觉得耻辱。然而，父亲是一个有正义感的汉子，在帮助公安机关破案中，表现得机智勇敢。对生活充满自信的父亲，自然也给儿子带来自信。

　　同学们聚在一起，眉飞色舞地谈起自己的爸爸，马小明总是将自己的脑袋弄得一低再低。

　　在这个拼爹时代，同学们优秀的爸爸，无疑幻化成为他们茁壮成长的阳光雨露。

　　马小明的爸爸是个摆修鞋摊的，自然不是所谓优秀的，甚至是十分低下卑贱的。可是，马小明的爸爸却将自己吹得神乎其神，比优秀还无比优秀。

　　那一年寒假，爸爸带马小明去乡下省亲。爸爸掏着上等的香烟，见人就前言不搭后语地嚷嚷，你知道现在城里的房价涨多少了吗？

　　乡亲们猜来猜去，眼珠子瞪得快蹦出来了，仍然猜不准。

　　马小明的爸爸大手一挥，满脸得意地说，六千，每平方米六千块呐！

　　一片唏嘘声之后，有人问马小明的爸爸，你老在城里有地点？

　　马小明的爸爸此时显得极不耐烦，反问道，你知道百货大楼那地点吗？

　　百货大楼那地点，市中心，黄金地段，智力障碍者都知道！

　　马小明的爸爸突然间哈哈大笑，那是老子的地盘，寸土寸金的地盘。

　　乡亲们重新睁大眼睛，乖乖，得值多少钱？

　　马小明的爸爸伸出一双粗糙的大手，一反一正，再一反一正，然后大摇大摆地离去，嘴里说，无可奉告。

马小明心想，爸爸真能吹。马小明心里亮如明镜，爸爸所说的地盘，是百货大楼对面一棵法国梧桐树下，那里有他的修鞋摊。那个如巴掌大的地点，爸爸每月要向市容局交三百元的占道费，外加打折赠送无数个点头哈腰。

爸爸不着边际的神吹海侃，莫名其妙地让马小明的自尊心得到极大的虚荣和满足。

那一次，郑小莉突如其来的恶语相向，才让马小明刚刚得到的自尊灰飞烟灭。

课间休息时，一向直言快语的郑小莉，像新闻发言人一样对一大堆同学说，大家知道百货大楼对面那个修鞋的老头吗？同学们说，知道知道，我们找他修过鞋。郑小莉故意压低嗓音绘声绘色地再说，小人，标准的市侩小人！我去那里修鞋，只钉一颗钉，就要了十块钱。同学们知道郑小莉的鞋很贵，不是韩国货就是日本牌。照郑小莉这一说，一颗钉十块钱，的确黑了点。

马小明恨不得上去扇郑小莉的大嘴巴，而马小明没有这个勇气。如果马小明真扇郑小莉的大嘴巴，马小明爸爸的身份不就暴露了吗？所以，马小明选择了忍气吞声，选择了将自己的脑袋压得一低再低。

放学回家的路上，马小明第一次认真地眺望着自己的爸爸。爸爸头秃，背驼，油黑的光脑袋前倾，几乎要爬到眼前臭气熏天的鞋上。爸爸嘴里叼着钉子，一颗颗生锈或即将生锈的钉子，在爸爸丰沛唾液的滋润下，变得光滑柔顺，吃进鞋底的力度明显加大。马小明觉得，爸爸真脏。

马小明生日那天，爸爸乐哈哈地弄来一个大蛋糕。马小明没吃，反胃。爸爸一而再再而三地催促，马小明一而再再而三地反胃。甚至连想一想，都觉得十分恶心。

本来，马小明上学放学都要经过百货大楼的。之前每次经过，马小明都会无比深情地投过去一丝目光，打量着自己老子的地盘。郑小莉发布新闻之后，马小明改道了。

冬天的第一场雪下得飘飘洒洒。就在无比洁白的雪地里，一起十年的恶性悬案，在一个摆摊老头的协助下，成功告破了。

那一天，马小明爸爸的修鞋摊前，来了一位头脸捂得十分严实的客人。客人将脚上的一双皮棉鞋递过来，说地太滑，打个掌子。在客人掀开面罩一角点烟的时候，马小明的爸爸认出了那个人。他不慌不忙地取钉，拿锤，一丝不苟地钉钉。那人似乎有点急，三番五次地催促。马小明的爸爸将一根长钉牢牢地钉进去，悄悄拨通了110电话。

电视台进行了跟踪采访报道。

十年前，马小明的爸爸就将那个穷凶极恶的家伙烙在心里了。即便他整了容，也能准确认出那双令人发怵的眼睛。马小明的爸爸对全市的电视观众说，那是老子的地盘，休想从老子的地盘上溜走一只蚂蚁。马小明的爸爸说得天花乱坠，一口气反复将老子的地盘说了十八次。

同学们口口相传，知道老英雄是马小明的爸爸。他们轮番跟马小明拥抱，轮番替马小明有这样一个优秀的爸爸骄傲。高傲的郑小莉，正式向马小明鞠躬道歉，并通过马小明，向英雄的马伯父真诚道歉。

马小明以百米赛跑的速度，奔跑到爸爸的地盘，神采飞扬地拥抱着弯曲的爸爸，眼睛里噙满幸福的泪花。

马小明的爸爸搦着马小明的肩头，小子，这地盘，老子先守着。将来，传给你！

马小明郑重地点点头。

一根长头发

　　一根不知从何而来的长头发，意外地在郭老大的身上出现了，引发了一系列的不测和猜疑，更重要的却改变一条滚滚向前的河流。可见，事物的转换，惊人而可怕。

　　从涡河上岸的船家，一般都如饥似渴。上了岸，理发、桑拿、按摩，甚至搞点夫妻之外的刺激，再正常不过了。

　　一趟船出去，少则三月二月，多则一年半载才能回来。如果运气不好，碰上大风大浪，鲜活的生命喂鱼喂虾都有可能。

　　所以，上了涡河码头，卖吃的喝的用的一应俱全，自成一个市场。只要船一靠岸，高亢的叫卖声和热情的揽客声不绝于耳。那个时候，码头如重新沸腾的一锅开水，几乎把每个人的心搞得很热。

　　只有郭老大是个例外。郭老大表情严肃地把船锚好，表情严肃地上岸，表情严肃地走过沸腾的码头，然后表情严肃地消失在柳树林的尽头。

　　郭老大上岸只为了补充给养。买米，买面，买油，买酒，买烟。这些工作，是郭老大上岸后的固定程序。郭老大之所以上岸程序性地工作，是因为一旦上了船，仍然要经过时间岁月的痛苦煎熬。

　　做好这些工作，郭老大会心神投入地看一眼横贯南北的庄子大桥，以及散落在大桥上的美丽夕阳。夕阳如漆，将整个涡河粉刷得色彩斑斓。此时此刻，郭老大内心充满幸福地感受生活的无比美好，美好得甚至令自己头晕目眩。是啊，郭老大从小就没了爹娘，上船只是为了混口饭吃。没想到，从上船那一天开始，郭老大的命运就发生了意想不到的变化。从小工开始，到掌舵，到船长，到最后完全拥有自己的货船。三十岁前的那个夏天，郭老大还拥有了自己的第一次婚姻。

郭老大开始喝酒，酒桌右上角放一把精致的紫砂壶，壶里铁观音的气息袅袅升腾。码头上机器隆隆，人声鼎沸，等船上装满煤，郭老大即将进行人生的又一次航行。

妮子的叫声就是在这会儿响起的。妮子说，郭老大，你过来一下。郭老大忘情在酒中，边喝边回，有事吗？妮子的叫声就有些尖刻了，过来！现在就过来！显然，妮子已经把郭老大三个字轻易省略了。

郭老大过去后，一根湿漉漉的长头发摆在郭老大的面前。

妮子瞪圆了眼，厉声问，哪来的？郭老大在想一根长头发是什么意思，妮子是什么意思，嘴里说，什么意思？我也不知道是从哪里来的。

妮子狠狠地给郭老大一个响亮的耳光。之后，妮子双手捂住脸，杀猪似的嚎叫起来。

妮子的嚎叫是有理由的，而且理由相当充分。当初，郭老大就是因为一根长头发与前妻分道扬镳的。

关于一根长头发与前妻的故事，还是郭老大告诉妮子的。与妮子见面的头一回，郭老大就表白了一根长头发的冤屈。郭老大表情严肃地说，没有的事，绝对没有的事，我可以拿人格担保，绝对是她冤枉了我。郭老大给妮子说的她，就是郭老大的前妻。妮子态度出奇地好，妮子温柔地告诉郭老大，我一眼就看出你是个老实人，不会做那伤天害理事的。再说了，那都是过去的事了，我不在乎。

就凭这一点，郭老大感激涕零。妮子进了门，他把所有的积蓄全交给了她，并且将船主的姓名也改成了妮子。

郭老大不理解，十分不理解，妮子怎么突然出尔反尔疑神疑鬼了呢？

妮子的嚎叫随着夜幕的降临，在波光粼粼的河道里孤独地游走。

郭老大心头的无名火越烧越旺。他拍头挠脑袋，也没想到妮子怎么会这样胡搅蛮缠。

郭老大边想边烧火边开船。两岸青色掠过，灯火璀璨，黑暗中一块块一望无际的田野被郭老大无情地甩在脑后。

快入淮河的时候，出大事了。船撞到立有禹王塔的岛礁上。

禹王塔是为了纪念大禹治水设立的，据说已经有数百年的历史了。数百年来，禹王塔矗立在涡水淮水的交界处，很少发生撞船的事故。

却让郭老大摊上了。郭老大毁了自己的船不说，也把自己的命毁了。若不是抢险及时，妮子肯定也会葬身涡河。

一位航运专家不停奔走呼吁，当地政府决定迁塔炸礁。

涡河水从此一泻千里，如一条咆哮的战马，迅速消失在茫茫的淮河之中。

若干年后，涡河水位急剧下降。从这里到亳州，一直到河南境内，河道日渐狭窄，多处出现断流现象。

据说，水利专家们正在夜以继日地论证，涡河改道的可行性。

贡酒与赐酒

　　大灾之年，大善人康百万在一个酒字上做了文章，在贡酒与赐酒之间，机警地转换了酒的概念及用途，拯救了一方百姓。

　　光绪末年，中原大旱。黄洛二河，河床干涸，河水断流。岸上田地龟裂，禾苗枯萎。

　　百姓度日如年，时有饿死。拖家带口，背井离乡，讨荒要饭者如过境的蝗虫一般。

　　康百万心急如焚，一边开仓放粮，赈济灾民；一边在庄园内外设置神坛，一日三求，拜天拜地，对天祈雨，对地祈福。

　　可是，尽管康百万使出浑身解数，也无法让老天爷网开一面。

　　康百万又一个三天三夜没合眼了。大相公急得如热锅上的蚂蚁，无论怎么劝怎么说，都无法让老爷多睡一会儿。

　　四日清晨，大相公正蜷曲在门槛上打盹儿，康百万摇摇晃晃走了过来。

　　康百万孱弱地叫一声，大相公。大相公迷迷糊糊，嘴里哼哼哈哈，好像在做着噩梦。康百万提高嗓门再叫一声时，大相公揉揉眼，慌忙站了起来。

　　老爷，有何吩咐？大相公躬身施礼问道。

　　康百万眼睛盯住东方，一轮烈日即将冉冉升起。康百万喃喃说道，打开陈仓，酿一批上等好酒。

　　大相公以为自己的耳朵出了问题，听错了。忙问，什么？老爷您说什么？

　　不到万不得已，决不能动用陈仓。这件事，是老爷亲口交代的。康百万庄园里，上上下下几百号人，几百张嘴，都眼巴巴地等着盼着呢。如果真到了最后关头，拿什么来救命？不得指望陈仓里籽粒饱满的粮食！这个时候，老爷下令开陈仓酿新酒，不是开玩笑吗？

康百万主意已定，说快去办吧。然后回房休息去了。

大相公还想说什么，见老爷已走到床前，终究没有说出来。

半个月后，一批新酒酿造完工。坛坛罐罐，堆在庄园里，像平地垒起了半座山。

康百万看着山一样的酒坛，心里舒坦了许多。他命令大相公，赶紧装车，明天一早，就送往河南府，转运北京城。

大相公茅塞顿开，似乎一下子明白了老爷的良苦用心。老爷原来想用这批酒，上河南去北京，给咱老百姓要赈灾款赈灾粮啊。

大相公答应一声好嘞，转身消失在庄园的街巷里。

没想到，当天夜里，乌云密布，电闪雷鸣，一场暴雨突然而至。

暴雨整整下了三天三夜，久旱的田野吸足了喝饱了天降甘霖。黄河和洛河的水道一下子明快起来，远远地，能听到滚滚向前的涛声。

大相公急得像个猴子一样，在康百万的窗前上蹿下跳。心里说，酒全部装上车了，却不能走，这可怎么办？

康百万已经醺睡了三天三夜，仍然不见醒来。大相公能不急？

急归急，没有康百万的安排，大相公断然是不敢擅自做主的。这是康百万庄园里铁定的规矩。

康百万终于在子夜时分醒来了，他伸着懒腰打着哈欠，叫仆人把大相公请来喝酒。

大相公岂能怠慢，赶紧穿衣戴帽，慌慌张张跑到康百万那里。

酒菜已经摆好，厅堂里弥漫着酒香肉香。

康百万十分客气，也十分热情，连让大相公坐坐坐。随手给大相公斟上满满一大杯酒。

大相公如坐针毡，不知老爷葫芦里卖的什么药？难道赈灾的事情不着急？

大相公几次想问个究竟，都被康百万用酒堵了回去。

康百万与大相公推杯换盏，不知不觉，东方已经露出了亮光。

两个人醉得不轻，说话的舌头根子都硬了。这时，大相公起身告辞。老爷，您还是休息吧，天放晴了，马上我就赶路。

康百万晕三倒四地正色道，哎，白天不走，晚上走。

当天晚上，康百万将大相公叫到书房里，耳语了一番。浩浩荡荡的车马队伍，悄无声息地离开了康百万庄园，消失在去往河南府的古道上。

三天后的上午，大相公带着车马队伍，浩浩荡荡进入了巩县（今巩义市）县城。

一个小道消息，通过几个算命先生，迅速在巩县（今巩义市）扩散：老佛爷御赐了一批御酒，正在运往康百万庄园。

一时间，来康百万庄园的土豪劣绅趋之若鹜。他们都有一个强烈的愿望，渴望能喝上一杯御赐美酒。

康百万倒也豪爽，凡是来求酒喝的，一概应允。只是他有言在先，一百两银子一坛，足量供应。

好家伙，一百坛康百万酒着实卖个好价钱，一万两白花花的银子啊。

康百万安排大相公，用一万两银子到安徽购买优质种子，并迅速无偿分发下去。

那个灾年，中原的百姓得救了。

马大哈

马黎明外号马大哈，贬损之意中，出现了好多的笑话。最后，马黎明在竞争中胜出，大伙儿才发现他的高人之处。

马黎明上班七年了。七年说长不长，说短不短。婚姻上有七年之痒之说，工作上有没有？没人说得清楚。

反正，马黎明觉得日子浑浑噩噩，说不上好，也说不上差。机关工作本来就是这样，总是重复着昨天的故事，没有什么浪漫的事。

开始，大伙儿都叫马黎明小马。一来他年龄小；二来他资历浅；三来嘛他姓马。大伙儿叫他小马也理所当然理直气壮，没有什么可以分辩的。只有退下来的老局长，有一次在卫生间里碰到，叫他一句黎明。小马高兴得不行，温暖得不行，连连冲老局长的背影深鞠了三个标准准的躬。

七年后的一天，单位新进一个姓马的职工。在两个马姓的叫法上，大伙儿私下进行过认真热烈的讨论。怎么叫？有人说，叫老马、小马。众人觉得不妥，毕竟马黎明没熬到老马的份儿上。还有人说，叫大马、二马。似乎也不合适，听不清楚会误以为大妈、二妈，大有矮化众人之嫌。最后，大伙儿形成共识，叫马大、小马。一来二往，就这样叫开了。

传到马大妻子的耳朵里，妻子表示严重抗议。什么什么？凭什么叫俺马大？你们看我们家那口子像马大吗？不是寒碜我们个子矮吗？细瞅瞅，也就是。马黎明不到一米七的个头，十足的一个三等残废。

反对无效。妻子意见虽然十分重要，但是他们不在一个单位，天高皇帝远，她管得着吗？哼！

大伙儿该怎么叫还怎么叫，没有因为个人意见，颠覆集体意见。

直到那一次，大伙儿才有新的发现。

马大跟妻子结婚不到七年，过日子比树叶子还稠，小吵小闹的事神仙也无法避免。不过，那一阵子，马大跟妻子闹得有点大，已经到了你摔一个茶杯，我摔一个水壶的地步。

可想而知，马大的心情不好，甚至很糟。

单位承担着繁重的招商任务，上边考核动了真格，责成马大的领导写出认真的招商计划。任务落在马大的头上，马大文笔尚可，曾经在晚报上发表过豆腐块。可是，马大却搞砸了。妻子一天到晚地闹腾，弄得他一脑子糊涂浆，他把材料弄得一纸糊涂浆。领导平时较为信任他，材料没经过认真审核就报了上去。

可想而知，领导挨了领导的批评。

领导十分恼火，在全体职工大会上，十分严厉地把领导的批评批发给了马大。领导最后不解气，又发挥了一通。我看你不该叫马大，叫马大哈更合适。

大伙儿觉得领导就是领导，有水平有眼光，干脆就叫马大马大哈吧。

领导批评得有理有据有节，大伙儿附和得得时得体得法，自己能有啥话说？马大想，马大哈就马大哈，反正不就是一个称号吗？没有什么大不了的，太阳依然从东边出来，从西边落下。

传到马大哈妻子的耳朵里。妻子一口气没忍住，扑哧一声，将嘴里的香茶笑喷了。还别说，这个名字还真适合他，他不是马大哈是什么？连我的生日都能忘记，他不是马大哈是什么？哼！该死的马大哈！

自此，马大哈与妻子的关系一天天变暖。正赶上国家放开二胎，他们计划着封山育林哩。

单位推选一名科长，上层内定的是小马。据说小马的后台硬，天线伸得又高又长。

群众测评的结果，马大哈的票数最高，远远高于内定的小马。虽然现在选干部不唯票，但是群众的意见也是不容忽视的。

这个事就搁下来了。组织的意图跟群众的意见较劲，不搁下来能咋办？

日子照旧，没有因为谁而改变。马大哈依然跟大伙儿保持着良好的工作关系，与妻子保持着旺盛的婚姻关系。

有一天，组织部跟纪委的人一道来到单位，调查马大哈。

大伙儿大眼瞪小眼，心里替马大哈鸣不平。

调查组找大伙儿谈话。你们叫马黎明同志马大哈，是不是他工作上马大哈？还是他学习上马大哈？或者作风上马大哈？

大伙儿众口一词，哪跟哪啊？他没有一条马大哈，我们叫着玩的。

马大哈的任命文件很快下来了。

大伙儿纷纷道贺，马科长好！

马大哈面露愠色，什么马科长？

大伙儿纷纷改口，马大哈科长好！

马黎明同志哈哈大笑。大伙儿哈哈大笑。

第二辑　情真意切

　　有首歌有这样一句歌词：问世间情为何物？直叫人生死相许。我们不禁要问，情是什么呢？谁能说得清楚？说清楚还真不容易。但是，情又是无处不在无处不有的东西，她就在我们的身边，就在我们的心里。亲情、友情、爱情，是文学作品中永恒的话题，微型小说也不例外。

父亲与柳树

父亲与柳树偶然结缘，一生一世不离不弃，其间的酸甜苦辣，个中况味，没有经历，无法体会。

埋好爷爷，父亲在他老人家的坟上，插一根柳枝。家乡有这样一个风俗，父亲也不例外。

经过一个真刀真枪的冬天，次年开春，柳枝竟然发了芽。

芽儿先黄后绿，在春风的吹拂下，慢慢伸出有力的手臂。

父亲在年后发现了柳树，当时惊得差点掉下眉毛。咦……他嘴唇打着哆嗦，眼睛却明亮起来。

在爷爷的坟前多烧几刀纸。他双手合十，爹，保佑子孙平安！

父亲不分年节，跑到爷爷的坟前。瞒不过乡亲们的眼睛，脚跟着脚问，不年不节的，烧哪门子纸？

父亲不答，埋头走自己的路。脚下的土路，尘土飞扬。若是被追问得急了，便拿眼睛瞪着人家，你不孝，还管着别人孝敬！

问者理亏，无趣。

父亲除了给自己的父亲"送钱"，还有一个自己的秘密，给柳树松土施肥。父亲施肥的方法很丑陋，有辱先人的尊严。可是，他老人家固执地认为，他的先人会原谅的。所以，每每在庄稼的掩护下，脱下自己的裤子。

柳树一年年长大。

长到了碗口粗，赶上了轰轰烈烈的平坟运动。

很多人家，都忙着刨树平坟，父亲迟迟不见行动。村干部三天两头来家做工作，最后撂下狠话：三天之内，如不平坟，将老小定为"黑孩"。老小是我最小的弟弟，"黑孩"却是个特殊的时代产物，没户口没口粮。

这一招果然厉害。

父亲开始刨树。他先给他的父亲磕上三个响头，口中念念有词。而后，对着炊烟弥漫的村庄，骂骂咧咧。

一天一夜的工夫，父亲将那棵柳树放倒，移到门前的粪池边上。

得天独厚的肥料滋养，柳树可着劲地长。从碗口粗，到一搂抱，别的柳树要付出十年八年的力气。而这一棵，仅仅用了三五年。

五年里，父亲抱过它多少次？搂过它多少次？乃至悄悄亲过它多少次？只有他自己知道，或者说，他自己也未必知道。

事情就出在它长得快。长着长着，越到墙界，长到人家地里。

说是人家，似乎见外了。人家不是别人，是我二叔。二叔与父亲，一墙之隔，一母同胞。

有一天，二叔来到柳树下，站到父亲面前。哥，这树有我的一半呢。

父亲正悠闲地沐浴在树荫下抽着烟。二叔的一句话，差点让他掉了眉毛。你说啥？

二叔再说一遍。父亲的烟杆，举过二叔的头顶。那一刻，从二叔头顶翻过去的目光里，站立着怒目而视的二婶。一旦他的烟杆落下来，二婶就会像冲锋陷阵的战士一样打杀过来。

父亲选择了转身离去。

父亲去找了他的父亲。在他父亲的坟头，父亲杀猪一样地嚎叫。那个夜晚的村庄，注定是不平静的。父亲的嚎叫，惊得鸡鸭鹅以及狗们，烦躁不安。二叔与二婶的叫骂声，不绝于耳。

经过长辈们的调停，父亲与二叔达成一个不成文的协议。每年，父亲给二叔家两袋小麦。

他们兄弟，由此各自成为人家，直到父亲死去。

母亲时常辱骂父亲，报应！倒霉！活该！

父亲将脑袋埋得很低，甚至缩进自己的裤裆里。

二叔个子小，窝囊，三十大几了，说不着媳妇，急坏了父亲。父亲出钱买了二婶，并帮二叔相了亲。

二婶上了当，没少恨父亲。

柳树依然茂盛着，不因人间的恩怨情仇。整个树荫，像一个大大的麦场，将父亲与二叔的院子，庇护在它庞大的翅膀之下。

多少人来看过这棵树？多少人来买过这棵树？甚至多少人悄悄来这棵树下烧过香？只有父亲自己知道。或者说，他自己未必知道。

那一年仲夏，大暴雨之前，电闪雷鸣。一道夺目的闪电，接着一个惊人的雷鸣，咔嚓一声巨响，柳树拦腰斩断。

父亲请人将半截柳树刨去，扔到泥塘里。他老人家经过三次化疗，已无力干他一辈子干不够的活。

次年开春，我将柳树从泥塘里捞出来，开始给父亲打寿材。

叮叮当当的声响，使父亲翻来覆去睡不着。

寿材完工的那天，父亲胃口大开，吃了一碗饺子。最后，剩下的一口汤，他也仰起脖子倒进肚子里。

第二天，父亲没有醒来。

噢，忘了说了，头天父亲递给我空碗的时候，问了一句话：寿材用啥料做的？我回答：半截柳树。

1976 年的饺子

在那个苦难的年代，姥姥只想包一顿饺子吃。姥姥的手艺，在我的眼里无与伦比，饺子在我的眼中活灵活现。可是，一个人突然出现，彻底将我们的美梦破灭。

头伏饺子二伏面。

姥姥说这句话的时候，太阳已经挂在东南方向的树梢了。阳光火辣辣，像抹上一层辣椒粉，将一树的知了辣得嗷嗷叫。

姥姥开始剁馅、和面。

汗珠从姥姥的发际线出发，经过额头、鼻沟、嘴巴和下颚，最终落在面盆里。半盆的麦面，经过姥姥的手，变得瓷实而发亮。在闷热的空气里，散发着醉人的香味。

姥姥说，孩子，马上教你包饺子。

此时，在醉人的麦香里，我正在想一个问题：姥姥为什么这个时候包饺子？不是过年才吃饺子的吗？过年吃饺子，是每个童年人的梦想。那个梦想，在我的童年里，时不时冒出头来。

我说，好，姥姥。我的回答似乎很突兀，姥姥开始擀饺子皮了。

一群鸡从南面的树荫里赶过来，围着我和姥姥，咕咕叫。大概香味也飘到那片树荫里。没办法，谁叫它那么香呢？

姥姥包了第一个饺子。她取一张饺子皮，放在左手心里，右手将半勺子的饺子馅，均匀地裹在饺子皮里。先从中间捏起，而后两头，再往中间，反复捏紧。一层层呈曲线形的褶皱，把两头微微翘起的饺子，打扮得十分妩媚。

　　我一边看着成形的饺子，一边看着笑容中的姥姥。姥姥的眉眼，透露出洁净，被汗水洗涤过的洁净。

　　听老辈人说，姥姥是个太太，曾经的大家闺秀。太太这个词，那个时代已经封装了，旧社会的产物，显示出无比不能容忍的阶级仇恨。

　　孩子，你看，这饺子，好看吗？姥姥问我。

　　姥姥的问话，似乎多余。我想说，好看，跟姥姥一样好看。可是，我没说出口。一个小学三年级的孩子，脑袋里装的不仅仅是亲情，还有一些不可名状的东西。

　　我只点点头。

　　一只大胆的鸡，突然伸过来自己的尖嘴，在饺子上啄了一口。

　　可怜的饺子，还没来得及过多的显摆，就受了伤。

　　姥姥愠怒。孩子，看住鸡，这些捣蛋的家伙。

　　我将鸡撵得嘎嘎叫，支棱着翅膀跑远了。似乎不解气，拾起一块硬土，又送了它一程。

　　姥姥喊我，孩子，回吧。吓着它们，没有蛋吃。

　　姥姥继续包饺子。一会儿，一个锅盖上，站着一队士兵一样的饺子。

　　姥姥催，孩子，学着，不难。

　　我正喘着粗气。那只捣蛋的鸡，搞得我气喘吁吁。

　　我没忍住，问姥姥，干吗这个季节包饺子？

　　姥姥的眼神暗淡下去。汗珠跑到她的眼里，蜇得她眼涩。她说，姥姥是四川人，四川人头伏吃饺子。

　　这里却是安徽，距离姥姥的家，千山万水。

　　新中国成立前，姥姥逃难来到安徽，一生没回过四川，这是后话。

　　一树的知了，嗷嗷叫。这个季节，眼看要热死人呢。

　　饺子终于包好了。姥姥拍了拍手，可以烧水了。

　　两只大鹅大摇大摆走过来，直奔那一锅盖的饺子。

　　我抄起一根棍，随时准备与它们做斗争。

　　姥姥说，孩子，莫怕，大鹅不吃饺子。

　　什么？大鹅不吃饺子？这香喷喷的饺子，大鹅竟然不吃？

　　果然，那两只大鹅，围着锅盖转着圈，仿佛它们是来保护饺子的。

水烧开了。姥姥在锅门口对我说，孩子，把饺子端过来。

慢着。随着一声断喝，董建国站在我们院子的阳光里。

董建国是我们大队的革委会主任。

姥姥慌忙从锅屋里出来，哆哆嗦嗦矮在董建国面前。

秦迎春，你个地主婆！睁开你的狗眼看看，什么时代了，还过着剥削穷人的生活。董建国怒气冲天。走！马上，立即，现在，上大队部！

董建国拽住姥姥胳膊，不由分说往大队部赶。两只大鹅，追过去，拧董建国的腿。姥姥喊，孩子，管住鹅！管住鹅！

一场轰轰烈烈的批斗大会，一直开到太阳躲进了西山。

那一锅盖的饺子，被一群捣蛋的鸡们弄得面目全非。而后，臭烘烘的味道，招来一群群乱哄哄的苍蝇。

熊孩子

　　我奶奶喜欢笑骂我为熊孩子，熊孩子成了我奶奶的口头禅，当给我爷爷上坟时，我无意中发现，我奶奶也叫我爷爷熊孩子，我奶奶与我爷爷的爱情跃然纸上。

　　我奶奶文盲，我爷爷读过私塾，且家境殷实。

　　一家人对他们的婚姻都不看好，只有祖爷爷充满自信。祖爷爷亲自将我爷爷和我奶奶的终身大事订下来后，长舒一口气，回归了大自然。

　　事实证明，祖爷爷的眼光独到而犀利，具有战略思维。

　　经过历史的洗礼和沉淀，曾经三代单传的刘家，人丁兴旺，儿孙满堂。

　　打我记事时起，我就在弥漫着药味的家庭中度过的。我爷爷常年喝一种用锅灰当药引子的中药。他老人家喝药的方式很特别，一小口一小口啜，像品茶。若是天气好的日子，他端坐在院子的枣树底下，悠闲自在地品。

　　看到我爷爷很享受的样子，我很想尝一尝。他老人家很大方，将一大杯药递给我，微笑着看着我喝。

　　哎呀，那个苦啊！从嘴里苦到了心里。我倚在枣树上，肝肺肠子差点吐出来。

　　我爷爷仰起黄巴巴的瘦脸，对着枣树叶子筛下来的阳光眯眯笑。我奶奶却说，苦死你个熊孩子！

　　听我妈妈说，从她生下我那天起，我奶奶就叫我熊孩子。

　　我奶奶自言自语，这熊孩子，像谁呢？像他爷爷？不像，他爷爷是个瘦猴。像他爸爸？也不像，他爸爸没有这熊孩子威武。

　　我妈妈先看着我，又看着我奶奶，笑吟吟地说，像他奶奶。

我奶奶笑起来，那声音好像在炸鞭。她踮起她的大脚板，将响鞭炸在院子里，大路上，田头边。惊得田野里的耕牛，哞哞叫。

我爷爷在我百天时，翻遍了五经四书，给我起个响亮的名字：晨阳。意思是说，像早晨的阳光一样富有朝气。

我奶奶反对，说别嘴别嘴，就叫熊孩子。你们看看熊，多壮实。

一家人没有听我奶奶的，而我奶奶却我行我素。

趁我爷爷打盹的时候，我在他药壶里放了几勺糖。

我爷爷很享受地品着药，觉得不对味，居然喷了一地。一地的蚂蚁惊慌失措，以为突降暴雨。

我奶奶突然从厨房里跑出来，手里拎着烧火棍，吼道，这个熊孩子使坏，看我不揍死他！

我爷爷咧着痛苦的嘴喊，快……快……

那个跑字还在我爷爷的嘴里打转转，我已经风一样从院子里刮出去。

天黑了，我不敢回家，躲在草垛里，虫子钻进我的衣服里，尽情地叮咬。

当我醒来时，灯光下，我奶奶正在往我身上抹药。我奶奶不停地说，你这个熊孩子，不听话，叮死活该。药抹在皮肤上，透着凉气。我奶奶的眼泪落在患处，热乎乎的。

我爷爷没下过地，好像常年只在家里喝药。地里的重活脏活累活，都是我奶奶的。

我奶奶身板硬，像个汉子。

也许，祖爷爷就是看中我奶奶这一点。尽管祖爷爷不在了，我想，他体弱多病的儿子，他再清楚不过了。

我奶奶说，她娘家在淮北，具体哪里？她也说不清。从五岁那年讨荒过来，就没回过娘家。淮北那地方大了，淮河以北都叫淮北。

我奶奶说话的口音与我们大不一样，嗓门高，语气粗，跟我爷爷说小话，也像吵架似的。

她喊第一声熊孩子，把我吓得一愣怔。我妈妈怕吓着我，在我耳朵里塞两个小棉球。

长大了。她叫一声，我应一声，熊孩子成了我的代名词。

上学了，老师点我的名，好像在叫别人。老师说，郑晨阳，站起来，你刚才想什么呢？

同学们笑话我，老师老师，他奶奶叫他熊孩子。

老师沉下脸，教室里一片安静。窗外的家雀儿，叽叽喳喳地叫。

老师家访，来到我家。

我奶奶一副紧张的样子，既倒茶，又拿烟。老师，是不是我家的熊孩子惹事了？

老师吸着烟，喝着茶，不说话。

我奶奶急了。大叫一声，熊孩子，你给我出来，你干了什么坏事？让老师气成这样！

我从里屋里出来，乖乖地站在老师面前。

老师终于开口了。他奶奶，以后别叫孩子熊孩子了，多难听。孩子大了，自有尊严。

老师说过，站起来往外走。我奶奶脚跟脚撵着老师，你说啥？啥叫尊严？

之后，当着我的面，我奶奶不喊我熊孩子了。我奶奶喊，哎，那个啥，作业写了吗？

我奶奶哎哎哎地喊，有时我应，有时我不应。你知道她老人家在喊谁呢？

我爷爷吃了一辈子的药，最终也没能阻挡死神向他走来的脚步。

从国外赶回来，我爷爷已经入土为安。

我奶奶带着我，到我爷爷坟前，给他老人家烧纸。

我奶奶蹲下来，点燃火纸，边用一根小木棍挑着纸边说，熊孩子，起来吧，你大孙子来看你了。

以为我奶奶对我说，可她再重复一回时，我确认她在对着自己面前的土堆说。

我的眼泪，开始不争气了。

刘春天的春天

　　刘二柱给女儿起个刘春天名字，就是祈盼她能像春天一样美好。可是，刘春天却是一个放荡不羁的孩子。为了让刘春天重新回归人生的春天，刘二柱可谓呕心沥血。这一天终于到来了，却以刘二柱永远站不起来为代价。

　　躺在花园街58号院门口的刘二柱，将一把蒲扇盖在肚子上，鼾声如水浪般一层层漫过来。

　　一顶遮阳的碎花伞向刘二柱靠近。看不到头和脸，只见一双套有黑色丝袜的修长美腿，伴随着运动的节拍晃悠着极有性感。当美腿有节有奏地踱到刘二柱面前时，忽然从天上落下一声炸雷，刘二柱，给钱！三百块！

　　刘二柱被电流击中似的弹起来，肥硕的躯体颤抖着，身下的躺椅也前前后后焦急地颤抖着。

　　碎花伞收起来，露出一个大大的墨镜，而后才是一张俊俏的女孩脸。女孩把一个巴掌伸到刘二柱面前，其中一条性感美腿如风中的草一样肆无忌惮地晃悠着。

　　刘二柱从口袋里掏出两张红红的票子，小心翼翼地放在女孩的手里。女孩的手十分坚强，仍然倔强而顽固地伸张着，丝毫没有退缩畏惧的意思。

　　刘二柱只得再抠出一张红红的票子，再小心翼翼地放在女孩的手里。

　　躲在屋檐下贪凉的人们马上就睡醒了，有的人还从窗户里面伸出好奇的脑袋。

　　女孩转身离去，只留下碎花伞下一双修长的美腿。刘二柱突然没有由头地高喊，春天，还来啊！

　　春天当然来，只是不以刘二柱的意志为转移。有时春天来，有时夏天来，有时秋天来，有时冬天来。春天每次来，都是冲着刘二柱口袋里红红的票子来的。

刘二柱口袋里的票子，好像就是为了春天准备的。

其实这一片是刘二柱的天下。刘二柱拥有这个院子所有房屋的产权，而住在这个院子的人们，除了刘二柱本人，都是刘二柱的租客。换句话说，他们必须每月按期向刘二柱毕恭毕敬地交上房租。他们多数的机会称刘二柱刘老板，有时称刘哥、二柱哥，偶尔一块喝多的时候，叫一声柱哥。

而女孩叫他刘二柱，可见这个女孩非同一般。

只有刘二柱本人知道，这个女孩从小就非同一般。五岁的时候，妈妈跟一位油头粉面的商人跑了，只留下一个叫刘二柱的爸爸。刘二柱给女孩改了名，叫刘春天。刘二柱似乎对远去的无情人说，看着吧，好好地看着吧，我刘二柱的春天终究会来的。

可是，刘春天长着长着就变了，变得刘二柱都措手不及无可奈何无所适从。刘春天逃课，上网，甚至吸烟，喝酒，乃至彻夜不归。失去一个亲人的刘二柱太怕失去刘春天了，所以刘春天才得寸进尺得尺进丈。在刘春天那里，向他要钱理所当然，大呼小叫他刘二柱理所当然，放纵自己为所欲为理所当然。

刘二柱身上流过汗，眼里流过泪，心里流过血。就这，刘春天还时常威胁他要去找亲妈。只要刘春天扬言找亲妈，刘二柱的身体就矮下来了，刘春天伸手要三百他就不会给二百了。

刘春天就是他刘二柱的命。如果刘春天要割他的肉，他要帮她磨磨刀，而且一定咬紧牙关绝对不会喊疼的。

那一天，刘春天半夜三更将一个骨瘦如柴的男人带回家，刘二柱才真正被激怒了。那个男人一米五，瘦得皮包骨，粗略地估算一下，也不过七八十斤重。男人长那副德行不说，还当着刘二柱的面甩了刘春天一巴掌。刘二柱雄狮一般将瘦男人拎起来，毫不留情地顺着墙角推上去。瘦男人的眼睛泛着白亮的光芒，两条细腿似乎无筋无骨地晃悠着。

刘春天却抡起一根木棍，砸向刘二柱的头，刘二柱肥硕的躯体面条一样地软下去。

不了解内情的，都夸刘二柱风光。虽说跑了女人，却留下一大片房产。别说这一辈，就是下一辈也衣食无忧了。了解刘二柱的，不是摇头就是落泪，可怜的一个人啊！

事故是在那个早晨发生的，刘二柱躺在柏油马路中央的血泊中。当警车呼啸着一路赶来，肇事的无牌车辆已无影无踪。

刘二柱失去了两条腿。

那一天，刘春天来到这个院子，来到刘二柱的面前，并没有伸出白白的尖尖的手，只对刘二柱说，我走了，你要照顾好你自己。

刘二柱半天没有找着魂，直到刘春天的一双长腿消失在马路的尽头，才杀猪似的号啕大哭。

院子里的人们，照例一分不少地将房租如期交到刘二柱手里。在阳光明媚的日子，各家各户还会轮流将刘二柱背出去，放在阳光能够充足照射的地方。

可是，耳闻目睹那场车祸的人们，心里无不忧郁万分地想，他刘二柱那天到底怎么了，非要往急驶的车上撞。

刘二柱矮下来的身体似乎十分满足，上半身照样日复一日地白胖着。

又一年的一天，刘二柱躺在轮椅上，一把蒲扇盖住肚子，鼾声如水浪一样一层层漫过来。有人喊，二柱哥，外面一个叫刘春天的女人找你。

刘二柱猛然想站起来，身下的轮椅响得吱吱咯咯的。

医师刘一刀

刘一刀医术高明,什么疑难杂症都不在话下。我与刘一刀的友情,他与小芹的一段佳话,都是他人生割舍不掉的情怀。在友情与爱情的演绎中,刘一刀的形象跃然纸上。

刘一刀是我医界认识最早的一位朋友。

那时,我和刘一刀都是从学校刚刚走进单位的毛头小伙子。由于家不在本地,又是一个人吃饱全家不饿的快乐单身汉,我们都在塑料厂食堂就餐。一来二往,我和刘一刀便走到一块。严格地说,我和刘一刀就是"饭友"。但这样级别较低的朋友,并没有影响我们之间的友谊。

我说,刘一刀啊,咱哥俩去新华书店吧。刘一刀会毫不犹豫地放下手中的茶杯,动作迅速地和我黏在一起。刘一刀主要买一些与自己职业有关的专业书籍。我呢,则喜欢写写画画,买书都是与文学沾上边的。

刘一刀由此很羡慕我,他捧着我发表在地方小报的诗歌爱不释手。有时读着读着,眼睛里还飘满让人伤感的东西。我说,刘一刀,别装纯情了,我那是瞎吹一气,千万别中毒啊。

有一天夜里,我阑尾炎发作,疼得我像驴似的在房间的地板上滚来滚去。刘一刀推门而入,吓得他猪一样地嚎叫。到了医院,医生才告诉我,是急性阑尾炎,没有什么大不了的,做个小手术就万事大吉了。但是,当时我的确吓得屁滚尿流,因为在此之前从来没做过手术。手术这个名词,对我来说仿佛是十分恐惧的。我求刘一刀,兄弟,想想办法吧,千万别让哥们挨这一刀。刘一刀还真是我的好兄弟,他递给我一杯糖水,一会儿便让我失去知觉。

　　我的阑尾手术是刘一刀亲自做的，也是刘一刀第一次给病人做手术。手术做得很成功，没有一个星期我便又活蹦乱跳的了。我说，刘一刀，你小子那天给我喝的什么？怎么我手术的时候，一点儿痛苦都没有。刘一刀推了推鼻梁上的小眼镜说，没什么，糖水啊。我才不相信他小子给我喝的是糖水呢，但我还是十分感激他的。

　　我结婚后，刘一刀经常上我家蹭饭。刘一刀津津有味地咀嚼着满嘴流油的食物，还不失时机地夸赞我妻子的好厨艺。刘一刀的这一招，还真把我妻子给哄住了。乐得嘴合不上不说，还十分乐意为我和刘一刀效劳。她变着花样的烹调技术，把我和刘一刀养得白白胖胖的。可以说，从我和妻子结婚以后，刘一刀很少到塑料厂食堂吃饭了。刘一刀口无遮拦地攻击塑料厂食堂说，那家伙，不能看，一看就呕吐。

　　我和妻子都为刘一刀的婚姻寝食不安。刘一刀的确是一个很好的男人，可是凡是跟刘一刀接触过的未婚女人都撇着嘴对别人说，他啊，倒找钱，都不会给他当老婆的。我问刘一刀，怎么了？刘一刀却不温不火，没什么，人各有志嘛。

　　那一天，我跟妻子商量，将小芹介绍给刘一刀怎么样。小芹是妻子的亲妹妹，也就是我的小孩姨。妻子倒没表示过分的反对，只是觉得刘一刀对女人太冷淡了。最后，在我的反复努力下，妻子才答应让小芹同刘一刀处处看。

　　再一天，小芹哭哭啼啼地找妻子。说，怎么把我介绍给他？他是个什么东西？小芹十分委屈地告诉妻子，他们第一次见面，刘一刀就拿小芹当手术样品。说人体大概分为三块，头，四肢和躯干，如果有一天你哪一块坏了，找我就行了。这话儿，搁谁谁能受得了？

　　刘一刀至今未婚，医术上却大有长进。在方圆几个县市，外科手术大有名声，几乎没有刘一刀解决不了的问题。

　　小芹四十二岁的那一年，患乳腺癌，是刘一刀亲自动的手术。有人说，小芹，你命大啊，如果不是你碰上刘一刀，哪能有说有笑到今天。

　　小芹仿佛不领刘一刀的情。小芹对我妻子说，都是刘一刀咒的，不然的话，自己也不会得这么一个病。

　　刘一刀知道这事儿后，也不恼，嘴角只掠过一丝浅淡的笑。

县长哭了

县长竟然哭了。县长也会哭？他为什么哭？成为机关大楼的一个重要的谜。最后，揭开谜底的大家，都跟着哭了，因为县长哭的是人民。

小李慌里慌张地推门进来，发布一条消息：县长哭了。

办公室里所有深埋的目光，探照灯似的齐聚小李身上。

县长哭了？

对！小李又说一遍，县长哭了。

在哪？

在会议室。小李答。

会议室有人吗？问的人心里不明白，县长能当着众人的面哭？

小李说，人山人海，会议室坐满了。

你是说，当时在开会？

是的。开全县的干部大会。小李说。

在哪个场合？县长哭了？

小李答，对。县长真的哭了。小李怕大伙儿不相信，故意加重语气，再说一遍县长哭了。

怎么会呢？有人还是不相信。这人不相信是有道理的，他能列出种种证据。

他说，大前年，县长的爹死了，县长一滴眼泪都没掉。

他又说，去年，县长的娘仙去，县长也没掉一滴眼泪。

他还说，这两件事儿，我都在场，我是见证者。

他之所以说这些，就是不相信小李说的话儿：县长哭了。

大伙儿觉得他说得有道理，小李会不会散布小道消息啊。

小李急了，眼睛红红的，眼泪快掉下来了。

有人说，你看你小李，就是县长真的哭了，跟你有什么相干，你也跟着哭？

大伙儿在心里想，小李这小子，平时看怪老实的，怎么也会来趋炎附势这一套？真是知人知面不知心呐。

大伙儿这么一想，觉得没劲儿，各忙各的活儿，想尽快散去。

小李突然哭出声来。

有人过来劝，别哭，小李，有什么大不了的。

有人觉得大伙儿这样不信任小李，有点儿太过分了，毕竟都是一个大楼上班的，低头不见抬头见的。所以，就接着问，县长要调走了？这人这样猜测，好像在给小李磨面子。

小李说，不是。

那么，县长跟人吵架了？那人又问。

不是。小李说。

大伙儿一齐埋怨说，这不是那不是，县长哭什么哭？没道理嘛。

小李已泣不成声了。

大伙儿又说，真是！到底县长为什么哭？你小子倒是说清楚嘛！

小李抹了一把眼泪，断断续续地说，涡淮煤矿发生矿难，三百多人埋在下面。

办公室死一般地沉静，连呼吸的声音都一清二楚。

这样的沉静只一会儿工夫，有人就哭了。

接着，办公室里哭声一片。

再接着，整个办公大楼接二连三的一片哭声。

再接着，哭声像传染了似的，全县人民都哭了。

一粒花生米

一粒花生米从种植到上到餐桌，要经历多少过程，只有种植它的人，才知道个中的艰辛。从父亲对一粒花生米的一个细小而不雅的动作，到若干年后自己重复父亲的同一个动作，个中艰辛，只有自己难以忘怀。

那一年，我考上大学。这消息，就像那个夏天灼热的西南风，整天整夜在淮北平原某个偏僻的村庄里流走。

父亲突然喜欢赶集，乐哈哈地去，又乐哈哈地回来。夕阳西下，赶集回来的乡亲们说，你爹在街拐角跟人拉呱呢。无疑，父亲又在为儿子做免费宣传。

父亲的腰仿佛也直了。被黄牛牵着走了大半生的他，田野里的背影总是弯曲的。而今父亲的腰直了，直在村前弯弯的土路上，和人头攒动噪声如潮的集市上。

这个中的原因，当然是由于他刚考上大学的儿子。

开学前一天，父亲坚持要把我送到学校。父亲乐哈哈地跟母亲说，坐火车啊，我还是大闺女上轿头一回哩。

火车喘着粗气，如父亲夜里沉睡的鼾声，天不亮从蚌埠出发，下午两点就到站了。到了站，便是我求学的城市。下了火车，父亲长吁一口气，如犁过田头的老牛。离报到的时间还有一下午，父亲对我说，不急，时间多着哩。父亲边说，边把目光投向车站周围的饭店。父亲问，饿吗？我点点头。我听到父亲的肚子里，也一阵阵地敲着鼓。

从几家大酒店的门前穿过，父亲选中一家叫薄利小吃部的饭店，痛下决心似的说，就这家了。

　　小吃部摆设十分简单，几张对开的桌子和几条长椅组成的座位，稀稀落落散坐着几个食客。也许是过了饭时，也许小饭馆的生意的确不是太好。除了从火车站传来的嘈杂声，还有时断时续火车的长鸣，再也没有什么值得注意的了。

　　父亲要了一盘红烧肉和一盘油炸花生米。这两个菜，都是现成的，从一个大盆里盛出来端上桌就行了。父亲递给我一双筷子，又夹一块肉给我，神采飞扬地说，补补身子，这是好东西哩。老板是个粗壮的汉子，腮边布满黑黑的胡茬。老板手里拿着半斤老烧，走过来递到父亲面前，大哥，不喝两盅？父亲受宠若惊，而后幡然醒悟似的问：多少钱一瓶？那汉子回，两块五。父亲对老板的安排似乎十分满意，斟上酒，美美地滋溜一小口。父亲喝酒的表情十分痛苦，双目微闭，龇牙咧嘴，而吃花生米怡然自得的神态，又显得十分幸福和满足。

　　一小瓶酒很快见了底，父亲夹花生米的筷子也摇摇晃晃。父亲语速放慢，结结巴巴地说，吃肉吃肉，不吃完可惜了。就在父亲让我的时候，一粒花生米从他的筷头子上脱落了，花生米先掉在桌子上，后从桌子的东头弹跳到西头，最后从桌子的西头落在我脚边。父亲红红的眼睛盯住那粒花生米，那是一粒十分饱满的东西。这东西要在地里长，至少需要三个月的时间。而且从它的成色分析，应该是肥沃的地方长成的，并且要有充足的阳光和水分。来到薄利小吃部这个地点，应该经过晾晒、去壳、运输、交易等诸多环节。父亲心想，绝对不能放过它。父亲弯下腰，捡起，扔到嘴里，风生水起地嚼起来。这一连串的动作，父亲完成得非常漂亮，不带一丝的犹豫不决。但这一切都被我，还有粗壮的老板，和几个素不相识的食客看得一清二楚。我的脸一下子红到脖子根，好像那半斤老烧都倒在我肚子里似的。

　　从薄利小吃部出来，我拒绝了父亲送我到校的好意。我以没有回去的火车为由，坚决打发父亲回去。

　　而后，我脑海里尽是闪动一粒花生米弹跳的影子，还有父亲那串卑微的动作和神情。我无法接受父亲的那串历史，以至四年大学时光，他没能跨进儿子的学校一步。

　　去年，我下岗了，我的儿子考上了大学。

　　在送儿子入学的火车站旁边的小饭馆，发生了和父亲当年一样惊人的一幕。

　　我要了一盘红烧肉和一盘花生米，还有半瓶本地老烧。

一粒花生米以同样的方式落在儿子的脚边。

等儿子去洗手间的时候，我弯下腰，捡起，扔进嘴里。

之后，我顺手抓起桌子上的一团粗糙的餐巾纸，试图堵住从我眼眶里溢出来的辛辣的东西。

油酥烧饼

　　王三木的油酥烧饼做得地道，做得著名。也使得他王三木由一个名不见经传的小人物，一跃成为一个"公家人"。世道，故事，无不富有传奇。

　　油酥烧饼是涡水之滨一道著名的面点，据考证从清末那会儿就在当地盛行了。关于它的来龙去脉，市志里有点滴记载，这里就不再赘述了，似乎与本故事无关。

　　大凡外来的客人，都好这一口，吃者满口生津，点头称奇。不了解此地风俗的客人，本地人会极力推荐这道面点，保证让客人们过口不忘。

　　油酥烧饼做得最好的一家，应该是茨淮路农贸市场西头路口的王三木了。王三木爷爷的爷爷就打烧饼卖，传到王三木这一辈，大概有六七代人了吧。

　　王三木的手艺是祖传的，连打烧饼的炉子都是从老一辈那里传下来的。炉子全是泥坯的，用的是涡河上游大黄湾的黄胶泥，摔打之后撒些许麻稔和生石灰，经过烟熏火燎越用越结实，风吹雨打日晒霜冻绝不会变形。

　　王家数辈一代接一代传下做生意的三不祖训，不欺老瞒少，不克斤扣两，不厚此薄彼。打烧饼打得王氏家族人丁兴旺，财源滚滚。

　　到王三木这儿买烧饼的，得耐着性子排队，不排队王三木不干，排队的人群也不干。时间一久，大伙儿都知道其中的规矩，秩序井然。

　　王三木不紧不慢，任炉火似灭未灭，举手投足皆稳如泰山。做出来的烧饼的确非同一般，皮薄、面焦、肉软、质脆、味香。

　　赶早班的人们，用草纸裹两个滚烫的烧饼，边急急忙忙赶路，边大口大口咀嚼美味。到了岗位，再喝两口白开水送送，一日三餐的头一餐就齐备了。

食客们大都跟王三木很熟，用句耳熟能详的歇后语，稀饭锅里煮豆子——大熟人（仁）。三木，来俩，快点啊，我赶路去上海，快晚点了。王三木脸上露出晨曦般的笑意，算是对招呼人的回礼，其实手中还是不紧不慢，炉子里的文火若隐若现。

市府大院新开一家餐馆，名曰机关餐厅。其实不然，明白就理的人心知肚明，名字是哄老百姓的，里面的设施都是一流的。不明白的人细细想想就明白了，市府机关是什么地方？都是谁来这儿消费？档次低了能运行起来？

有一天，机关餐厅的刘经理找到王三木。王三木就像一朵流云似的，从茨淮路农贸市场的天空悄然消失。

王三木呢？这小子呢？食客们不仅找不到王三木，就是王三木祖传的那只黑不溜秋的破泥炉子，也同时从大家的视线里消失了。

王三木去了机关餐厅，专门打烧饼。吃烧饼的多，打不过来，王三木往往累得汗流浃背。

机关搞体检，刘经理多弄到一个名额，给了王三木。无比关怀地说，三木啊，看你累得不轻，你也去体检一下。但有一条，千万别往外说啊，这次参加体检的可都是科级以上干部。王三木如沐春风千恩万谢，仿佛见到自己故去的爷爷似的。

体检回来后，王三木哭成泪人，仿佛自己的爷爷突然故去了。有一条不得不说，王三木患上肺气肿。再往后发展，就是肺癌。

自然，王三木不能打烧饼了，命比什么都重要。

王三木的老婆就找刘经理闹，哭哭啼啼肝肠寸断，三木不来机关餐厅哪有事？长期烟熏火燎，就是铁肺钢肺铜肺金肺也会弄出毛病来。事情反映到分管接待的副市长那里，引起足够的重视。

机关餐厅给王三木办理病退，享受退休待遇。

现在，王三木手里拎个大茶杯，整天东游西逛。大茶杯里晃荡着碧绿的黄山毛峰，走累了就鸟似的仰起脖子灌一口。总是觉得对农贸市场这块地儿有感情，逛来逛去，每天无论人多人少，都要从市场里走一趟。见到老熟人，嘘寒问暖嘻嘻哈哈好一阵子。

待王三木走远，有人就指着王三木的背影说，过去打烧饼，现在吃上公家饭，连吃药打针的钱都能实报实销。

壮　壮

一条叫壮壮的小狗，让母亲倾注大量的心血，成为母亲的牵挂，也使子女们大惑不解。从二叔的嘴里，才知道已故父亲的乳名也叫壮壮。父母亲纯真的爱情，让人感叹万分。

母亲要到妹妹家过一个冬天。临走，母亲跟我商量，带上壮壮吧。

我没同意。虽然妹妹居住的城市四季如春，气候宜人，但是对于过惯了北方生活的我们，也许不太适应呢。况且，妹妹那里离我们这儿远隔千山万水。坐了汽车上火车，下了火车上汽车，来来回回需要奔波一天一夜。壮壮能受得了？万一水土不服得了病，岂不让您老人家着急？

母亲最终采纳了我的建议。走进熙熙攘攘的车站，母亲眼眶里塞满委曲求全的泪花，一步三回头地望着送她的我和壮壮。在售票员的一再催促下，才恋恋不舍登上南上的班车。车子启动的那一刻，母亲大惊小怪地从玻璃窗口扔下一团纸。仿佛我没看见，她在玻璃里面反复做着让我向下看的动作，俨然一个笨拙的哑剧演员。

打开纸团，上面是母亲给壮壮的食谱：早晨，鸡蛋、油条；中午，骨肉（猪、牛、羊均可）加汤（先咸后淡）；晚上，蛋糕或热馍。后面加一个粗粗大大的注释：不可机械，灵活掌握。

按照母亲的叮嘱，我每日一丝不苟地伺候着壮壮，生怕有什么闪失。

北方的雪说下就下了，连续阴冷的天气让人无比窒息。母亲打来电话，壮壮冷吗？多加一床毛毯，多加热汤。汤最好咸一点儿，必须保持身体的热量消耗。母亲的吩咐如连珠炮似的从南方袭来，不带丝毫商量的余地。我说，您老就放心吧。壮壮的事情，您就不要多操心了，照顾好自己就行了。

放下电话，我竟然对壮壮产生无比的嫉妒。思绪如一股强大的电波，让我回到我的少年时代。那时，家家户户过得穷，我家也不例外。不能说吃了上顿没下顿，却是过着吃不饱穿不暖的日子。我十三岁那年的冬天，北风如刀子似的在淮北平原上刮来刮去。由于跟同学们疯玩，身上唯一的棉裤被树枝扎破一个洞。刀子一样的风从破洞里钻进我的身体，让我颤抖如树上残存的一片枯叶。母亲非但没有怜悯我，反而用一根槐树擀面杖在我裸露的头上种上一个瘀血的肿包。小时候，挨母亲的打和骂不在少数。而唯有那个瘀血的肿包如同罪恶的种子一样种到心里，时时发出不满甚至憎恨的芽来。

那几日，我故意没让壮壮吃饱，也没让壮壮睡好。我不断减少食物的供应量，或者颠倒咸淡的顺序。看到壮壮瘦下一圈的脸庞，我心里暗暗高兴。在壮壮昏昏欲睡的时候，我会把过年没放完的鞭炮放一个。等壮壮睁大眼睛，我幸灾乐祸地吐一个圆圆的烟圈。我的目的很明确，就是也让壮壮尝尝我小时候的滋味。甚至可以延伸一点说，要让母亲对我的残忍转嫁给壮壮一些。

母亲隔三岔五打来电话，问壮壮这壮壮那。我偶尔故意岔开话题，说您老人家在那儿热吗？母亲不接我的话茬儿，说看天气预报了，家里比这里差二十多度呢，别忘了给壮壮加被加汤。

我心想，我应该是壮壮，如果是壮壮该是多么幸福啊！

星期天，晴了，天空如水洗似的碧蓝。我起个大早去菜场，买了一大袋子鸡鱼肉蛋。我想加加餐，为我自己，也为壮壮。

二叔风风火火地从乡下来。二叔虽然不是我亲叔，但是在乡下老家，没有再比二叔更亲的叔了。前几年，二叔往城里走得勤，这几年不知为什么上门稀了，我还以为二叔不愿意跟我们沾亲带故了呢。所以我十分高兴，拿出陈了十年的老酒，执意要跟二叔喝两盅。

喝酒的时候，我夹了一块排骨给壮壮，并自言自语地说，吃吧，乖壮壮，也有你的份儿。

二叔忽然瞪大了眼睛，脸红脖子粗地冲我吼，你说啥？二叔嘴里喷着酒气，眼睛里冒出两团火。

我急忙赔不是，二叔，我哪里说错了？壮壮似乎也对二叔的表现强烈不满，主动加入我的行列，冲二叔汪汪叫起来。

二叔的怒气仍然没消，将手里的酒杯摔到桌子上，牛似的勾着头说，你怎么叫小狗是壮壮呢？你知道你父亲的小名叫什么吗？

父亲已去世多年，我一直是母亲一手带大的，父亲的小名我怎么会知道呢？

二叔告诉我，父亲的小名就叫壮壮。

我呆若木鸡。那天，我喝醉了。

第二天，我给母亲打电话，说壮壮想您了。我把传声筒递到壮壮嘴边，壮壮汪汪汪地叫个没完没了。

第三天深夜，我家的门铃火烧火燎地响了起来。

瓜田鼾声

　　鼾声如雷的父亲看瓜，无疑是给小偷一个准确的信号。也借父亲如雷的鼾声，我发泄了对父亲的不满。以为自己做得天衣无缝，殊不知父亲了如指掌。父亲对儿子的大爱，无时无刻，无边无际。

　　因为那次逃学，因为一个叫王先田的语文老师到我家家访，父亲教训了我。

　　父亲教训我的手法尤为独出心裁，在中国十大酷刑的记述中断然了无踪迹。父亲首先抓住我的一只手和一条腿，然后一步一个脚印扎扎实实地走到涡河岸边的高台上，对准一个深不可测当地人叫作鬼叉子的河套口，嘴里念着一二三的号子，像甩一个泥袋子一样把我投入河中。当河水冒出一串串硕大泡泡的时候，父亲反剪双手骂骂咧咧消失在扁担王的槐树林里。

　　我落水的一声巨响，最早惊动躺在涡河岸边泡桐树荫下的一条狗，也许它正在做一个迷人的梦，却被不识时务的我给惊醒了。它一声尖利的嚎叫，调动了扁担王几乎所有的狗叫。此起彼伏的犬吠，将扁担王那个午睡搅得一塌糊涂。最终，我被烦躁不安的人们救了上来。

　　我的父亲，被扁担王的人们异口同声称作"差劲"的男人，却躲过烦躁不安的那个午后，在东南地里的瓜棚里呼呼大睡。瓜棚里的鼾声，透过一望无际的瓜秧，借助微微南风的力量，挟带着暑热的阳光，一丝一缕地飘到涡河岸边。最后消失在滚滚东逝的涡河水里。

　　父亲独创的酷刑实在厉害，常常让我心惊胆战。在之后的时光里，我加倍努力刻苦学习，成绩直线上升。但我仍然决心报复父亲。

　　我把那把用了一年的镰刀磨得寒光闪闪，逼人的刀光中融合我复仇的目光。

　　曾经，我将路边的野枣树当作父亲，甩动寒光闪闪的镰刀，树头和树干身首两地。曾经，我也将一个在脚下疯跑的蚂蚁当作父亲，对着蚂蚁的身影，镰刀的刀尖雨点般落下，蚂蚁苟延残喘葬身刀下。也曾经，我偷偷尾随一条黑狗，瞅准机会箭一般射出镰刀，黑狗鲜血淋漓落荒而逃。我得意地以为，那就是我的父亲。

　　我的心理出现严重的问题。但是，除了母亲，没有人知道我有报复父亲的倾向。

　　我认真地问过母亲，妈，我是不是爸亲生的？我是不是要的？我是不是拐过来的？我是不是您老人家捡来的？

　　四个是不是的排比句，令母亲十分愕然。她放大的瞳孔在我脸上反复搜索，没有感到有一点玩笑的蛛丝马迹，又用腾出来的双手在我额上试来试去。她心里一定会说，这孩子，发热了？有病了？

　　从那一天起，母亲仿佛对我关爱有加。我走到哪里，她跟到哪里，好像我是她手中的一只风筝。

　　这给我报复我的父亲增加了一定的难度。

　　我是在那个星夜，又听到父亲鼾声的。天上有几颗星星眨眼，地里有无数虫子歌唱，草尖上落满湿漉漉的露水，整个扁担王都沉入寂静的夜里。父亲的鼾声尤其突出，突出到能从二里开外的瓜棚，传到枣树下无法入眠我的耳朵里。

　　父亲的鼾声，让我无法入睡。在翻来覆去的折腾中，那个报复计划如一颗流星突然划过我的脑际。

　　我为我的计划而高兴，而得意，而冷笑。

　　我怀揣着那把镰刀，悄无声息地潜入父亲的瓜田。那把被我磨得寒光闪闪的镰刀，绝对不失锋利，绝对能够很好地完成我的报复计划，绝对能让父亲一辈子刻骨铭心。父亲的鼾声依然畅快淋漓，他做梦都不会想到，此刻他将要得到应有的报应。

　　中午的阳光十分毒辣，足以让扁担王呼吸短促。母亲的尖叫声悲壮而恐怖，连满地尚未熟透的西瓜都不寒而栗。瓜田里成片成片的西瓜秧已经蔫了，叶子干了枯了，吸足水分的西瓜也开始瘪了。母亲在发现西瓜秧和西瓜出现异常情况下才尖叫的，母亲哭天抹泪，哪个缺德鬼，把你孩子投河里了是不是，干吗将我的西瓜秧连根砍起？

　　父亲蹲在瓜棚边闷头吸烟，升腾的烟雾笼罩他爬满汗虫子的脸庞。他没有制止母亲的无理，任由她无边无际毫无遮拦地谩骂和哭诉。

那几天，除了母亲的谩骂，扁担王显得十分平静。

母亲哭肿了双眼，连骂声都带有几分动人的颤音。见我过来劝，她断断续续地说，本来，本来嘛，等收了……瓜，你爸说……好了，给你买……买新书包的……缺德鬼啊……缺德鬼。

我本来是想让父亲没有烟吸，没有酒喝，甚至让他白白在那块地里摔汗珠子的。没想到，我的新书包也没有了。

父亲由于吸烟过量，后来患上喉癌，喉管做了切除。从此，他活在无声的世界里。

父亲是个文盲，斗大的字不识一升。但他的眼神总是怪怪的，如同一位执着的研究人员。有一次，见他盯住我贴在西墙的奖状，而且一看就是小半天。发现我过来后，才十分诡秘地离开。还有一次，我与两个同学非常激烈地讨论一道几何题，不知不觉天色已晚夜幕降临。穿行在涡河岸边的槐树林，黑暗如一口倒扣的铁锅，伸手不见五指。一条流浪狗突然与我擦身而过，吓得一颗紧张的心差一点蹦出胸腔。父亲拎着电瓶灯向这边走来，迷蒙游走的灯光里，父亲的目光如同他手中的灯，在那个无比黑暗的夜里温暖地燃烧着。

父亲终于没能够逃脱衰老和病魔的捉拿，涡河涨水的季节里悄然无声地走了。

母亲欲哭无泪，仿佛她今生今世的眼泪早已流到了涡河里。母亲说，憨儿啊，你是你爸亲生的怎么会有假呢！

那个藏在我心中多年的秘密，此刻像揣着那把锋利的镰刀一样让我心痛。我向母亲忏悔，那年的瓜秧是我干的，我对不起您和父亲。

母亲转怒为乐，你爸早就知道是你捣的鬼，你的回力球鞋，还有鞋上的鲜泥，能瞒住他？他动手术的前一天就告诉我了。

深夜，我独自溜到涡河边，静静倾听潺潺东逝的水声。那美妙自然的音乐，仿佛父亲从瓜田传出来的鼾声。

郑小驴

出身低贱的郑小驴，有个低贱的名字。正是因为这个低贱的名字，才引起我的注意。发达后，改了名字的郑小驴，丢失了初心，也失去了自由。世事真的很无常。

刚刚接手一个新班，作为班主任，必须对班里的全体学生进行一次初步了解。对着花名册，在第二十六行，看到郑小驴的名字。

抓起电话，打到教务处。我有些烦躁地责问，高一（三）班的花名册是谁打印的？那头幽默地回答，正是"在下"。我一时搞不清那个"在下"是谁？却觉得他的回答蛮有风趣。苦笑一下再问，有没有把一个叫郑小驴的同学名字搞错？那头稀里哗啦响起一串翻纸声，立场坚定地传来回音，十分正确！

新学期的第一节课，我亲自点名。点到谁，除了答到，还要站起来认识认识。点到郑小驴时，班里一阵骚动，有的同学忍不住笑出了声。

最后一排的东南角，站起一个男孩，个头不高，黑瘦，头发微黄，眼睛很亮。

一个星期后，按照惯例，班级进行了一次摸底考试。

郑小驴的分数居中，全班排三十二名，各科成绩比较平均，没有"腿长腿短"的现象。郑小驴这样的学生，如果不是因为他的名字特别，一般不会引起班主任关注的。

时光像翻动的书页一样，一学期很快就被翻过去了。期终考试结果一出来，班级进行一次重新排名。班级排名之后，在全校进行再次排名。

郑小驴在班里排名十六位，全校一百二十八位。名次虽然不算太优秀，但从进步的程度看，算是比较出色的。

有一天，在食堂排队打饭，与穿着单薄的郑小驴并排。我笑着鼓励他，很好！继续努力！本来，应该喊他名字，郑小驴同学，或者小驴同学。可是，这名字太别扭，我没喊出口。郑小驴微微低头，瘦弱的身体微微前倾，之后像泥鳅一样滑走。

高二的时候，有个重要的奥数竞赛。因为关系到高考加分，各班都十分重视，班主任一般都会将前三名的学生推荐上去。

课间休息时，郑小驴轻手轻脚来到我身边。郑小驴依然微微低头，微微前倾身体。老师，能推荐我吗？他说，我能行！

满足郑小驴请求的可能，几乎微乎其微。与前三名同学相比，差好几名呢。而我没有当场拒绝，说尽量努力。他像一只快活的小鸟一样飞远了。

第三名的同学生病请假。同时对这项高难度的竞赛，的确没抱太大的希望，我破例推荐了郑小驴。

结果让全校师生瞠目结舌。郑小驴夺得全市第二，打破我们学校的历史记录。

郑小驴登上学校的光荣榜，我们班为此欢呼雀跃。男同学们将郑小驴抬起来抛向空中，女同学们纷纷与他合影留念。郑小驴幸福得一塌糊涂，一双明亮的眼睛更加清澈如水。

我想，应该进行一次家访，为郑小驴。

周日，突然来到郑小驴家。说是家，其实就是一个简易的窝棚。墙是六根木桩顶的，顶和墙壁用塑料布和废品纸盒交叉混合钉上的。郑小驴的爸爸搓着一双黑手，脚下躺着他刚刚捆好的一堆废品。

郑小驴搬来一个条凳，我装作若无其事的样子坐下来。我说，真不知道你们这么苦，是我关心得不够啊。

郑小驴的爸爸呵呵地笑着，黄老师太偏爱我们家小驴了，我得给您鞠个躬。他刚要弯腰，被我急忙上前制止了。

那天，跟郑小驴的爸爸谈得很多。主要围绕着郑小驴表现很好，如果继续努力，来年上重点不成问题。最后，我试探着问，怎么给孩子起这个名字？

郑小驴的爸爸在自己头上挠痒痒，一副难为情的样子。他说，在村里时，因为脾气倔性子孬，大家给他起个外号叫老驴。小驴出生后不久，他妈忍不住穷，跟人跑了。乡亲们可怜小驴，给吃的喝的用的，小驴小驴地叫着叫大了。

一年后，郑小驴果然以优异的成绩考上中国人民大学，一度成为我们学校的荣耀。

　　退休后的时光，我喜欢读读报纸看看电视。

　　有一天，在法制导刊上读到一篇文章，是介绍一名干部如何走向腐败堕落的。那名局长姓郑，叫郑为民。

　　过几天看电视，电视里也在播放着郑为民的事。我一看，吓一身冷汗。那人不是郑小驴吗？郑小驴的头微微低着，身子微微前倾，一顶的霜花。

　　突然间，我觉得自己大半生白活了。

盲道行

　　曾经身居高位的老麻，退休之后发现一个不好的现象，城市的盲道常常被正常人占用。老麻决心改一改这种恶习，并且付诸行动。老麻的行动受到阻挠，到底触动了谁的神经？

　　老麻一退下来，心里空落落的。

　　时间过得真慢啊，像蜗牛爬行一样。老麻反剪双手，来回踱步，常常痛苦地想。老麻抽动越来越重的鼻翼，心事重重，再这样下去，非生大病不可。

　　有一天，老麻无意中发现，一个盲人在周元路的盲道上摸索着行走，走到停放在盲道上的一辆自行车前时，连人带车摔到地上。盲人捂住摔疼的身体，痛苦地呻吟。自行车的后轮，却随着动作欢快地运转着。老麻心头一酸，觉得五味杂陈。

　　再一天，老麻在嵇康路上散步，同样看到另一个盲人，手执竹竿在盲道上行走。盲人走得十分谨慎格外小心，每走一步，都要用竹竿——探路。可是，有一盆脏水，横在盲道上，盲人没有探索到。盲人一脚下去，十分狼狈。

　　老麻十分气愤的同时，萌生一个念头，帮一帮这些可怜的盲人。

　　从此，每次看见有盲人在盲道上行走，老麻会赶紧走到盲人前头，将挡在盲人前面的障碍物——清除。自行车、电瓶车、拖把、纸箱……凡是老麻能做得到的，老麻都会竭尽全力，还盲人朋友一路顺畅。一天下来，老麻累啊，累得身子骨像散了架。

　　老麻想，这样下去，即使自己累死了，也解决不了根本问题。老麻又想，只有号召大家，自觉遵守交通规则，不要往盲道上放东西，才是上上策。

于是，老麻开始沿街宣传。老麻苦口婆心，劝说沿街商铺和住户，给盲人一个安全通道。老麻的动员，起到一定的作用。但是，仍起不到根本作用。

有一天，老麻又发现，一个盲人跌伤在盲道上。盲人的头上和脸上，布满了血迹。

老麻这才觉得一个人的力量是有限的，用有限的力量去做无限工作，简直是杯水车薪。

老麻找到市里。市里的有些领导，多是老麻的老部下。有一些干部，还是老麻亲自培养亲自提拔的。老麻的意见，还是有力度的。市里的有关部门，牵头开展了一个关爱盲人活动。活动搞得声势浩大，轰轰烈烈。电视里进行连续报道，报纸上开始跟踪采访。

老麻读着报纸看着电视，心头涌起诸多的惬意。老麻想，自己做了一件十分有意义的事情。

可是，好景不长。活动之后，盲道上依然存有障碍，盲人时有摔倒和受到伤害的现象。

怎么办？老麻陷入无限的痛苦之中。

老麻痛定思痛，下定决心，非得解决此事不可！如果不解决，自己就不是老麻了。想当年，我老麻叱咤风云，根本就没有解决不了的问题。

一天，老麻戴一副墨镜，手执拐杖，出现在闹市街头。

老麻装作盲人，专门行走在盲道上。这就有些异样，因为老麻不是盲人。

老麻走到一辆车前，用拐杖使劲地敲打。那辆好车的身上，立马多出累累伤痕。车主跑过来，见是一个盲人，虽有怒气，不好发作，只得无奈地将车开得远远的。

老麻坚持不绕道不拐弯，坚持行走在盲道上，见到不按规矩停放的东西，老麻就喊就叫就骂。很快，不断有人将东西搬开挪走。

老麻在心里发笑，看来此法可行。

有一天，老麻行走在庄子大道的盲道上，碰到一件怪事。一个酒晕子，醉倒在盲道上，任老麻怎么喊怎么叫，就是赶不走。那一刻，老麻感到奇耻大辱。

在一次全国文明城市的检查中，媒体关注了老麻。

老麻再次被请到电视里报纸上。

那不是麻市长吗？市民们擦亮眼睛。

市里的老部下们，觉得脸面没处搁。老麻的子孙们，更是反对。

无奈，老麻回到家中，憋在院子里，看天，看云，看蚂蚁啃骨头。

城市的经济在发展，城市的建设突飞猛进，相比之下，盲道上的问题，仅是个小问题。

飞 镖

　　我爷爷有一个传奇的飞镖，有一大堆关于飞镖的传奇故事。我爷爷寿终正寝之后，这些传奇重见天日。可是，传奇的真假，谁来印证？这本身也许又是一个传奇吧。

　　我爷爷寿终正寝，享年 93 岁。

　　我爷爷走时，一脸安详，眉宇之间凝固一股英气。

　　三个月后，我和我爸爸翻盖了我爷爷居住的房子。在我爷爷曾经下榻的土坑下，挖出一枚飞镖。

　　飞镖铜质，长足半尺，尖有三角，角角锋利。曾经的光芒，已被流逝的岁月遮盖，而今呈青灰色。暴露在新鲜的空气中，散发着缕缕酸腐的味道。

　　小时候，我就是躺在我爷爷充满酸腐味道的怀里，听他讲述飞镖传奇故事的。

　　清朝末年，我爷爷在南山镖局当差。整个镖局，数我爷爷年龄最小。不过，我爷爷不仅聪明，而且有一身好轻功。所以，镖局十分看中我爷爷。有了重要的差使，镖头就让我爷爷跟随左右。

　　镖局接到一个大单，押送一批军粮到寿州。正是草长莺飞的季节，崇山峻岭之间暗藏着杀机。

　　有一天夜里，车马队伍经过一天的鞍马劳顿，在凤台境内的一个密林边歇息。半夜时分，林间突然灯火通明，寒光闪闪，一队劫匪将车马粮草团团包围。

　　匪首骑着高头大马，手执一柄长刀，嘶哑着嗓子吼道：识相的，留下车马粮草走开！否则，见一个杀一个，见一对砍一双。

　　双方将对将，兵对兵，一片混战。

经过三十多个回合的激战，镖头左臂受了重伤，眼看着劫匪马上要占了上风。这时，我爷爷眼疾手快，一镖封喉，将匪首毙于马下，众匪惊慌失措，一哄而散。

镖头刀伤有毒，一病不起。临终前，推举我爷爷做了南山镖局的镖头。

我爷爷说到这里，还下意识地握住我幼稚的拳头，仿佛他手里握住的，是他声名远播的飞镖。

我爷爷讲述的第二个故事，是关于他比武招亲的。

民国初年，我爷爷在寿州一带颇有名气。所到之处，无不受人追捧。

有一天，我爷爷顺利押解一批布料到寿州后，闲来无事，带几个弟兄到城隍庙里溜达。

那天，赶上广场正举行一个比武招亲大会。寿州城米行老板吴员外，为千金吴小姐选配夫婿。各路豪杰为了抱得美人归，大显身手，各显神通。

擂台上拳来脚往，擂台下人头攒动。我爷爷手痒，脚痒，浑身都痒。突然，他身轻如燕，三步并作两步，飞上擂台。半个时辰下来，无论是南拳北脚，还是武当少林，居然没有一个是我爷爷的对手。

我奶奶那时正躲在台后，对我爷爷一见钟情。

我爷爷说到我奶奶，话语做了一番长久的停顿，眼睛里闪烁着星星般的泪光。

我奶奶长得什么样？我没亲眼见过。我问过我爸爸，我爸爸告诉我，他一岁时就没有了我奶奶。

我爷爷还没将我爸爸养大成人，日本人就进了中国。

日本人漂洋过海，占领东北，一路烧杀抢掠，很快就打到寿州。

我爷爷带着我爸爸回到乡下，本想远离战火，图个安逸，安安稳稳地过日子。

可是，日本鬼子不仅进城祸害，还进村糟蹋。

有一天，我爷爷所在的村庄，来了一队日本兵。

日本兵叽里呱啦，先将乡亲们赶到晒场上。然后，挨家挨户，见鸡逮鸡，见牛牵牛。回头，围着几个漂亮媳妇，发出淫荡的笑声。

我爷爷气愤至极，一镖飞出去，扎在一个日本哨兵的喉咙上。我爷爷大喊一声，乡亲们，跟小鬼子拼了！

乡亲们在日本鬼子的机枪扫射下，一个个倒下了。我爷爷命大，活了过来。

我爷爷喃喃地说，为了我爸爸，他要活着。

我爷爷活到 93 岁，寿终正寝。

我对满头大汗的我爸爸说，这个飞镖，是我爷爷的。

我爸爸愕然。你该不是想爷爷想疯了吧？你爷爷怎么可能有飞镖？

我对我爸爸正色道，爷爷的故事里，全是他的飞镖。

我爸爸笑了，而且笑得很丑很难看。笑过之后，我爸爸说，你爷爷要了一辈子的饭，怎么可能有飞镖！

我睁大眼睛问，我爷爷要饭？要一辈子饭？

我爸爸点头称是。

他怕我不相信，还将左腿裤角拎起，露出一块旧伤疤。我爸爸指着伤疤说，这一块，就是你爷爷领着我一起要饭，被狗咬的。

我说，我不信。我是在我爷爷的飞镖故事中长大成人的。

我还问过村里年长的三爷，三爷抖擞着下巴上的胡须，眼睛十分迷离地说，听说，你爸爸是你爷爷捡来的。

奇怪了。这支飞镖不是我爷爷的，它是谁的？

我抚摸着脚下的泥土，温润而苍凉。

烟　事

一生喜欢旱烟的老头，希望儿子也喜欢旱烟。因为旱烟自己可以种，便宜，不会让在政府工作的儿子，沾染不良习气。而老头的善良，被别有用心的儿子无情地欺骗，付出了高昂的代价。

老头一生喜烟，喜旱烟。纸卷的喇叭筒，吸起来带劲，过瘾，解馋。

老头原是十里八乡赫赫有名的种烟能手。披过红，带过花，领过奖。还上过讲台，有一搭没一搭地跟乡亲们唠过种烟经验。当然，老头靠一手过硬的种烟农活，脱贫致富，翻盖新房，并且顺风顺水让儿子读完大学。

老头吸烟最凶的时候，儿子还小，小狗摇尾般围着他转悠。老头故意将喇叭筒塞到儿子嘴里，儿子泪珠纷飞哇哇大哭。老头笑，居然也泪珠纷飞。

儿子后来学会吸烟，吸纸烟。老头嘴角出烟眉毛轻挑，心里说，没劲！

为让儿子戒烟，小两口闹别扭。一路吵吵嚷嚷，儿媳妇将别扭闹到老头这儿。

浓重的烟雾笼罩着老头一脸的严肃。老头沉默地吐着烟，突然吐出一句话：男人哪有不吸烟的。就这一句话，弄得儿媳妇很少上门。

清明节，儿子回老家祭祖。自从儿子工作以后，每年清明都回家祭祖。儿子递给老头一根纸烟，老头不想接，老头认为没劲。可儿子说，中华的，七十块钱一包哩。老头就稀里糊涂地接了，但没点火。老头在心里默默合计，乖乖，一根烟两块多钱，啥味儿？老头放在鼻子上闻了闻，小心翼翼地夹在耳朵上。老头没头没脚地问，经常吸？天天吸？儿子微笑着露出微黄的牙齿点点头。浓重的烟雾里，老头一脸严肃。

谷雨过后，老头带上铁锹和烟种上了山。原来的烟地都被征用了，都被一排排高楼和厂房吞肚里了。老头想起河边的那座山。土山的树行里还有一些荒地，老头要种烟。

经过一场雨又一场雨，老头的烟苗一天天茁壮成长。闲暇之际，老头就往山上跑。捉虫、掐尖、打茬、扶苗、追肥，每一道程序老头都做得准确到位干净利索。秋后，老头收获不少烟。再经过阳光的晾晒，老头的烟叶黄中透亮涩中溢香，煞是喜人。

老头精选一些上品给儿子送去。临走，老头一再交代儿子，吸老子种的烟，地道。那纸烟就别吸了，贵，咱吸不起。

过了一段日子，儿子打来电话，爸，家里还有旱烟吗？

老头不明白，上次那些吸完了？

儿子笑嘻嘻地告诉老头，爸种的烟真好，地道，带劲。

老头高兴，打心里高兴。儿子毕竟是农村人，没忘本。可话出了口却变了样。老头说，再好，莫贪。

第二天，老头就给儿子送去了烟。

次年开春，老头早早上了山。老头觉得，那块开垦出来的地块太小，长出的烟也太少，不够爷俩吸的。老头想再整出一块地来，多种些烟。再说了，春烟要比夏烟强，生长期和日照时间长，味儿足。

风清气爽风和日丽的日子，老头都是穿着厚衣服上山，光着膀子下山。尽管腰酸腿疼，有两次脚还抽筋，但是老头有使不完的劲流不尽的汗。

果然，老头收获许多上好的烟叶。

老头没空往儿子家送的时候，儿子会开车回来取。儿子还说，爸，您老种的烟真有味儿。

老头噙着烟的嘴里，风生水起。

有一天，儿媳妇火烧屁股似的给老头打电话，不好了，出大事了。

老头一听急了，顾不得吸一口卷好的喇叭筒，就火烧火燎地进城了。

儿子已经进去了。儿子收了不少的好烟名烟，有的来不及吸变质发霉了。纪委来的三个人，装着这些发霉的烟，头上流出了汗。

老头迷惑，我给他的那些烟呢？

儿媳妇哭哭啼啼，他哪里吸过您的一口烟！

那些烟呢？……到哪里去了？老头焦急地问。

他有一位老领导，特别能吸烟，而且只吸旱烟。你的烟，全送给他的老领导了。儿媳妇说，他能有今天，全指望老领导。

老头如一摊泥软在地上。

那一年，老头戒了自己最喜爱的烟。只是老头依然种烟，并且收获许多的烟。

每年入冬，老头坚持进城卖烟。老头的摊前，还竖一块奇怪的红字木牌子：旱烟换中华烟。

路人先好奇，后冷笑。这老头，八成是疯了。

城市有他一条腿

　　为了城市的建设，在城里打工的二叔失去了一条腿。二叔觉得很委屈，所以在一个重要的活动中搅了局。二叔的虚荣，最终得到了尊重。其实，类似二叔一样的农民工，他们的要求往往是那么廉价而单纯。

茶几上的电话，突然嘟嘟嘟地咆哮，吓了我一大跳。

自从用上手机，接上互联网，固定电话只是号码本上的一件摆设了。

那边传来一阵瓮声瓮气的声音，你是麻二华吗？

我说，是，我是麻二华，你是哪位？

那人并不回答他是谁，而是继续用那种沉闷的声调追问，你认识麻德水吗？

我脑子随着那人的问话，飞速地旋转。父亲叫麻德山，麻德水，好熟悉的名字。还没等我告诉那人，麻德水是我二叔。那种别样的声音急不可耐地跑过来，麻烦你到繁华世家来一趟。说罢，斩钉截铁地挂上电话。

繁华世家是这座城市一块高档的别墅区。那里青山环抱，绿水长流，四季如春，鸟语花香。进进出出的，不是宝马奔驰，就是达官贵人。

花上四十块钱出租车费，我轻而易举到了繁华世家。在繁华世家的保安部，轻而易举见到一个高大黑猛的男人。男人说话的声音瓮声瓮气，仿佛无数只蜜蜂愤怒发出的抗议。凭借着这些蜜蜂，使我的寻找似乎也轻而易举。

旁边一个清瘦的保安，不失时机地介绍，这是我们的高部长。高部长很高傲，斜都不斜保安一下，只瓮声瓮气地命令我，跟我来！

穿过一个甬长黑暗的弄堂，我终于见到二叔麻德水。老人家靠坐在冰冷的水泥墙上，旁边放着他磨得油光发亮的不锈钢拐杖。那根拐杖仍然那样新，与三年前我送给他时几乎没什么两样。

三年前，二叔从工地的高楼上掉下来，摔折一条腿。当时，我大学刚毕业，从广东的一个城市，给二叔买了那根拐杖。我流着眼泪想，二叔虽然失去一条腿，但是要让他很有尊严地行走在纷繁的世界上。

二叔是个苦命人。小时候，他就有点智障，到了四十岁才娶到一个二手的四川女人。可是，那个二手四川女人跟二叔不是真心的，她放了二叔的鸽子。等挥霍完二叔不多的积蓄，并将他有限的家产弄到手，才用了三个月的时间。三个月短暂的光阴，二叔还沉浸在新婚燕尔的幸福里，她就卷起铺盖远走高飞了。

爹让我过继给二叔。爹说得入理说得悲伤说得可怜，他是你二叔，如今没什么指望了，老大，你过去，算你二叔还有那门人家。爹的意思，让我改口叫二叔爹，变成二叔的儿子。

而我的确不是二叔的儿子，怎么能叫他爹？况且，我爹不是好好的，不是远在天边近在眼前吗？

我眼睛里蓄满委屈的泪水，坚硬的自尊心令我的心肠更加坚硬。所以，至今我没叫过二叔半句爹。

走到二叔面前，我蹲了下来，叫一句二叔。

二叔放声大哭，哭声中带有淮北人的憨厚和倔强，同时夹杂着诸多的痛苦和无奈。

帮二叔擦去鼻涕和眼泪，自己的眼泪却十分不争气十分不给面子。

高部长却将我拉到一边，反剪双手训斥我。我说，不是我说你，看样子你像个国家干部，怎么能让老人做那样的事？

我本想责问他的，怎么把我二叔弄到这里？又怎么如此对待一个残疾老人的？没想到，他先声夺人。

我瞪着他说，高部长，我二叔怎么了？他做了什么事？

高部长点上一根烟，独自吸着，随着口吐莲花慢慢道来。今天早上，我们隆重举办繁华世家入住三周年庆典，这位老人在众目睽睽之下撒尿，我们劝阻他不听，还理直气壮地嚷嚷，老子就在这撒泡尿怎么了！

他说我二叔在众目睽睽之下撒尿，怎么可能？虽然他有点智障，只是一点点，

人生时光中百分之九十九都是清醒的，在我们老家，从来没发生过出格的事情。

高部长再次点头肯定说，有许多人可以作证，他坚持撒完一泡尿后，还让我们还他一条腿。

还他一条腿？

我将目光投向二叔，二叔旁边的拐杖在灯光下熠熠生辉。

与二叔目光相撞的一刻，二叔眼睛里注入无比的愤怒。二叔突然一条腿站起来，哆嗦的右手指向窗外的蓝天狮吼：老子就是从那里摔下来丢的一条腿！

原来，二叔是在繁华世家丢的一条腿。我向高部长介绍了二叔的过去，包括在建设繁华世家的时候失去的一条腿。

高部长开始激动，瓮声瓮气的语调中带有几分颤抖。

那天，繁华世家的老总在本市最好的酒店宴请了我和二叔，并且以偌大的繁华世家为背景，与我们叔侄二人合影留念。

二叔坚持去车站，坐车回家。望着二叔有些拙劣滑稽的背影，我高喊一声爹，我就是你的一条腿。

二叔折回头，猛然露出满口跳跃的黄牙，而后笨鸟一样消失在城市杂乱无章的烟云里。

神　水

　　其实，被称作神水的水并不神，只是在孩子们的眼里，对大人们的举动充满了神秘。孩子们的眼睛，对这个世界的审视，别有一番情趣。

一

　　我呱呱坠地时，一望无际的淮北平原喜降一场绵绵的春雨。延续整个冬天的干旱，终于汲取上天恩赐的精华。濒临干涸的涡河，开始迈着从容的脚步一路东去。

　　大家的脸上，全部笑逐颜开。说话的响亮，堪比不远处公路上来来往往的汽笛。由于我的到来，我们全家上下无疑比春雨的降临更加喜形于色。父亲高声朗气地说，双喜临门呐！

　　二奶奶颠着小脚，慌里慌张拐进我们家院子。院子里汪着一窝一窝的水，调皮的鸡鸭鹅们无拘无束地嬉戏。二奶奶的话语迭不连声，恭喜恭喜，本奶奶早就知道是个带把的。

　　父亲豪情满怀地招呼着二奶奶，吸烟，吃糖，喝茶。二奶奶的身体一向虚弱，一番推让下来，竟拧出一身汗。

　　其实，二奶奶一个月前就预测到我的到来。二奶奶盯着母亲的大肚子，左瞅瞅右瞧瞧，嘴里啧啧有声，仿佛亲奶奶一样殷勤。

　　同二奶奶一起进院的，还有二奶奶手中的一只粗瓷大碗。刚刚过去的冬天，她经常用这只碗喝一些难闻的汤药。

　　二奶奶努力摆脱父亲的热情，如愿进入里屋，悄悄跟我母亲商议，等孩子第

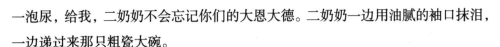

一泡尿，给我，二奶奶不会忘记你们的大恩大德。二奶奶一边用油腻的袖口抹泪，一边递过来那只粗瓷大碗。

二奶奶喝一种偏方汤药，巫医嘱咐她，一定要用刚出生男孩的童子尿作药引，神药方能有效。

长大后，听母亲说起这件事。那时，二奶奶已经投入淮北大地的怀抱。可是，我仍能想象出二奶奶满怀希望喝下童子尿的模样。

二

次年仲春，我完全能够扶着墙走路。偶尔，母亲会拿一块白面馍，距离一步之遥的地方召唤，宝宝，过来，有馍馍。我咧咧嘴，猛跑两步撞进母亲的胸前，伸手抢她手里的白馍馍。

父亲弄回来一棵桃树，不足一人高。父亲说，桃树好，能辟邪，能结桃吃。他老人家在院子里栽下桃树时曾做过科学判断，只要精心呵护，第三年就有仙桃吃了。

父亲呵护桃树的确十分精心。培土、施肥、浇水，每一项工作做得十分认真。自从桃树栽下后，父亲买来一个红色的小塑料盆，不让我将尿胡乱撒在别处，耐心地指导我撒进盆里。等攒足了小半盆，才细心地将尿浇在桃树根上。

我是听话的孩子。每天，我会将尿一点不剩地撒进盆里。为此，我从小就养成勤喝水的习惯。水喝多了，自然尿就多。以至到现在，我依然喜欢手捧茶杯，喜欢喝水，喜欢不厌其烦地往卫生间跑。

有一回，跟父亲一块走亲戚，喝了不少水，肚子胀得难受。为了能让桃树早日开花结果，我一忍再忍，半天没敢浪费一泡尿。记得那天，裤子上还是被浸得湿湿的，样子很狼狈。

桃树终于结上桃子，个大，色红，味甜。父亲流着口水说，赛过"五月鲜"。

三

有一天早晨醒来后，我的双眼睁不开了。

使劲揉搓，无济于事。于是，我哭了，惊动了早起劳动的母亲。

我害上红眼病，两只眼被眼屎糊住了。眼屎很厉害，糊得很牢固，像铁丝网一样。

母亲放下手中沾满露水的镰刀说，别怕，不碍事。说着，她取来一个干净的尿盆，吩咐我把尿尿出来。母亲用我尿的尿，清洗着我的眼睛。一开始，蒙在鼓里的我只觉得那水有温度有湿度有柔性，眼睛也在不断地清洗中慢慢睁开了。

我更加哭闹，嗔怪母亲的无礼。怎么能用尿洗我的眼睛呢？

母亲嬉笑着，丝毫没有一点做错事的愧疚。她说，孩子，你哪里懂？童子尿不是尿，是药！

其后，也害过一两次眼病。不过，我没有哭闹，也没有大惊小怪。而是偷偷躲闪在暗处，解开裤带，畅快淋漓的同时，自己解决了自己的问题。

还别说，眼病没了。

四

那一年，政府在涡河南岸建一所医院。离我家不足三百米。

医院的房子很白。在阳光明媚的日子，好像从天上掉下的一大块白云。

进进出出的医生，穿着白衣白裤，戴着白帽子。

我们一帮小伙伴，喜欢到医院里玩。刚去时，不敢进到医院大门里面，只眼巴巴望观察里面的动静。直到有一天，一个大胆的玩伴进去后，发现并没有人阻拦。我们才一个个如地下工作者一样溜进去，在宽阔的水泥地上，挥霍着自己的童年。

有一次，一个穿白衣白裤戴白帽的阿姨塞给我一块糖。阿姨高个头，手指细长，皮肤渗白，脸上好像贴一层细白的纸。她从白大褂的口袋里掏糖，顺便蹲下身来，用细长的手指顺着我凌乱的头发：小朋友，跟你商量一个事。

听口音，她不是本地人，说出的话儿十分悦耳。那带有不可抗拒的口吻，立即让我答应了她所谓跟我商量的事儿。

在散发着浓重药味的办公室，她用一个四方的塑料杯子，接住我满满的一泡尿。

她用它做什么，至今不知道。

周日有约

　　周日，老麻和老伴慌里慌张去赴一个约会。几经周折，由于晚点，约会没有成功。他们到底去会谁？搞得这么隆重而热烈。在当今社会，祖孙情千万不可小觑。

　　天刚麻麻亮，老麻就起床了。

　　今天，是个特殊的日子，老麻有个重要的事情要做。所以，老麻老早就从床上爬起来。即使不起床，老麻也睡不着。老麻有个坏毛病，几十年改不掉，心里装着事儿，再困也睡不着。

　　老麻洗漱完毕，匆匆去了菜市场，将人吃的，鸟吃的，自己需要随身携带的新鲜东西一一买齐。之后，一头扎进附近的澡堂子，边泡澡边光脸，并用定型发胶将几根无精打采的稀头发，一根一根竖起来。这样一整合，整个人委实年轻了五六岁。

　　换上一套新衣裳，老麻冲镜子里的自己咧嘴笑一笑，一脸难以言表的快乐流淌一地。

　　老伴儿穿上一双新皮鞋，一身大红唐装站在门外，早已等得不耐烦了。老头子，别磨蹭了，七点都过一刻了。

　　老麻说，慌什么，再看看有没有落下的东西。

　　老伴儿把一脸的不高兴投向天空。天空灰蒙蒙的，刚露出来的晨曦被一大块乌云吃掉了。

　　老麻在屋里喊，老婆子，咱家的照相机呢？记得放在柜子里，怎么不见了？老麻有点急，柜门子被他慌里慌张的手脚弄得叮当作响。

老伴儿说话的声音大起来，看你那记性，昨天晚上不是先放在我包里了嘛！真是的，老糊涂了。老伴儿的大嗓门，吓着老麻的一对画眉鸟儿，它们在笼子里惊慌失措地飞来飞去。

老麻一拍脑袋瓜，嘴里轻轻地噢一声，记忆好像瞬间苏醒了。

老两口匆匆忙忙，一路小跑，气喘吁吁来到涡河路3号站台。公交车正好关上车门，吭吭哧哧一路西去。老麻和老伴儿一齐招手，一齐高喊等等，等等。可是，公交车似乎不认识他们，扔下一道黑烟，很快消失在他们的视野里。

老伴儿更加不高兴，说老麻，一辈子就这德性，办事拖泥带水，从来没有利索过。

老麻像做错事的孩子，挠头再挠头，向老伴表示错了错了。

时间转得真快，一不留神八点整了。老麻急忙拦下一辆的，连推带拱把老伴儿塞进车里。

老麻坐到副驾驶位子上，指挥着司机。快，五一广场花园小区。

按照常规，从涡河路3号站台出发，到达老麻指定的地点，应该需要四十分钟左右。如果碰上塞车，一小时两小时都有可能。老麻想，今天是星期天，路上车来车往，塞车的可能性加大。

老麻扭头跟司机商量，师傅，能不能再快点？

司机一脸麻木。不咸不淡地告诉老麻，老爷子，快不了，这几天交通秩序大整顿，违章就扣照扣车。

老麻再看表，回头看老伴儿一眼，老伴儿也在看手表。

老麻果断地说，师傅，这样，你呢，快点，罚款我们出。

司机没看老麻，仍是一脸麻木，说话的语气生硬许多。老同志，不是罚款你出我出的事儿，关键要扣照扣车。

前面亮起红灯，司机边说边将车子拐进慢车道。

老麻急眼了。走二马路那条道，车少路宽。

司机这才将一张马脸转向老麻。老爷子，走二马路，您老可得多掏三十块钱？

老麻坚决地回答，走二马路！

车到五一广场花园小区时，八点五十五。老麻和老伴儿松了一口气，不管怎么样，离九点还差五分钟。五分钟对老麻和老伴儿来说，是宝贵的，难得的，快乐的，幸福的。

来到 2 幢 103 门前，老麻焦急地上前敲门。宝宝，宝宝。老伴儿则叫小云，小云。

屋里没有一点儿动静。

老伴儿将一兜东西放在脚下，开始抱怨老麻，一辈子就这德性，拖泥带水的，从来没有利索过。

老麻加大嗓门儿，宝宝，我是爷爷，快开门，快开门呐！边喊边用双手擂门。

宝宝没有出来，却把邻居的脑袋擂了出来。

邻居是个毛头小伙，挺不错的一个人，老麻多次见过他。

小伙子说，大爷，大娘，看孙子呢。小云领宝宝补课去了，刚走十来分钟。

老麻就像泄了气的皮球，浑身上下顿时失去站起来的气力。

过去，儿子儿媳上班忙，宝宝住在爷爷奶奶家，虽然苦点累点，但是其乐融融。

自从宝宝上学，媳妇就将宝宝接走了。媳妇脸不脸腔不腔的，对老麻和老伴儿没好脸色。儿子跟儿媳经常生气，十有八九，都是为了宝宝的教育问题。

宝宝跟着爷爷奶奶，常说土话，学拼音总是发音不准。

老麻和老伴儿由不得想孙子，隔三岔五往儿子家跑。起初媳妇不高兴，后来儿子也不高兴。为了给宝宝提供一个良好的学习环境，经双方商定，每周六让二老见一次宝宝。如果碰上宝宝补课，见面即时取消。

回到家，老伴儿直不起身，说胃疼，上床休息了。老麻拎着鸟笼溜达到梦蝶湖公园，在公园的长椅子上，迷迷糊糊睡着了。

路过一对情侣，将老麻叫醒。说大爷，在这儿睡觉，别冻病了。

老麻蒙眬一双睡眼，哼哼哈哈地说着谢谢，鼻子真的透不过气了。

大　王

　　姓氏是个大问题，姓王的大姓更是个大问题，单单称呼，就让人煞费苦心。好在人们的智慧是无穷的，大王的称呼使王五的心理得到了满足。没想到，满足不久的王五，却意外受到伤害，以致心理发生了不必要的扭曲。

　　王姓是大姓。谦虚一点说，是大姓之一。

　　谁说不是呢？只要是在叫场所的地方，最有可能就有王姓。而且，最有可能不止一个。

　　王五所在的单位，就是这么一个状况。单位不大，人数不多，王姓却占半壁江山。这样，称呼就成了一个不是问题的问题。王局长有一正一副两个，王科长正副职四个。除此之外，没有乌纱帽的还有六七个人。王五属于无乌纱帽压顶之列，但距离王老和老王这两个尊称，还有一定的时间、年限和威望的差距。名字里有三个字的还好称呼一些，直接省去姓就可以了。关键是两个字的，省去姓氏有些欠妥。比如，王五就叫五，多少有点暧昧，不严肃。

　　会来事的人，总是有头脑有智慧。干脆按年龄大小顺序排列，倒十分妥当和合理。还拿王五作比如，这次，王五就是大王。

　　得到这个称呼，王五十分高兴。王五想，好啊，大王就大王，一副扑克，大王不是最大吗？老大，名副其实的老一。王五越想越觉得这个名字受用，有一种会当凌绝顶的感觉，嗯，不错不错，有句广告词说得好，感觉好极了。

　　有一段时间，王五走路轻飘飘的，仿佛总有一股风，在身体后面推着他，不让他飘都不行。尤其是在大街上，碰到单位里的同事，在大路那边冲这边喊，大

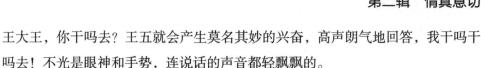

王大王，你干吗去？王五就会产生莫名其妙的兴奋，高声朗气地回答，我干吗干吗去！不光是眼神和手势，连说话的声音都轻飘飘的。

有一回，碰到了张三。王五的兴奋点更高了，非要拉张三去喝两杯。张三说，大王，别了，吃过了。王五不依不饶，不行不行，今天，就今天必须喝两杯，怎么？看不起大王怎么着？两个吃过晚饭的人儿，推推搡搡，走进了街边的小饭店。

王五打心眼里想请张三喝两杯，打心眼里敬重着同事张三。如果不是张三有头脑有智慧，自己还只能叫王五，或者叫五。有了张三的发明创造，自己才有了扬眉吐气的精气神。管他们叫王局长，还是叫王科长，能有叫大王神气！真是找人不如碰人，他张三今天不喝酒能行？不喝醉能行？王五左缠右磨，终于将酒量尚可的张三弄得颠三倒四，脚下生风。

李四病了，病得不轻，打了一个星期的点滴仍不见效。同事们凑份子，买了许多补品，去看李四。

李四人缘不错，在单位口碑很好，领导也很信任，离上位就差那么一点点。如果不是李四家庭出现变故，应该叫他李科长了。半年前，李四老婆患乳腺癌，英年早逝。不过，大伙儿预测，他当科长是早晚的事儿。就是当副局长、局长，具备了天时地利人和，也说不定。

王五也参加了去看李四。在去李四家的路上，王王还想着一件事关李四的事儿。王五有个表妹，在一个不错的单位当会计，前年离的婚。离婚时，没带孩子，条件很不错。况且，表妹人长得耐看，有气质，会打扮，回头率高。如果从中撮合，跟李四很般配。王五想，说不定，跟有潜力的李四，还能搭上亲戚哩。

到了李四的家，大伙儿一一落座，嘘寒问暖，跟李四说这说那，体现着无微不至的关心。王五面带笑容，不时插话，心里还转着那桩美事。

一只小狗，突然从关着的玻璃门缝里，哼哼叽叽挤进来，摇着长长的狐狸一样的尾巴，直往客人身上蹭。小狗超可爱，一身白白的绒毛，没有一丝杂质。两只小眼睛，睁得像两个桃胡似的，充满着天真纯洁。小狗从左边开始，用自己洁白的身体和无邪的动作，向右边一一蹭去。眼看就到王五脚下了，王五打算用双手迎接它。

李四却突然喊，大王，走开！

王五差一点儿答应了一声。可是，他清楚地听到李四凌厉的喊叫，王五心里咯噔一下子。

那只正在撒欢的可爱小狗，嘴里呜咽着，一副委屈的样子，拎着尾巴又挤出了露出一条缝的玻璃门。

晚上，王五失眠了。床上好像着了火，让王五翻来覆去睡不着。我王五叫大王，他李四家的狗也叫大王，此大王非彼大王，难道我王五只配跟一条狗同呼吸共命运？王五恨恨地想，好个李四，小人一个，我王五也算是个有名有姓有血有肉有爱有恨的男人，岂能受此奇耻大辱！

再有同事叫王五大王，王五心里就像刀扎得一样难受。

在李四提拔科长公示期间，组织上接到群众的多次举报。李四的好事，自然泡汤。

张三欠王五一顿酒，便请王五喝酒。

酒过三巡菜过五味，张三醉眼蒙眬地说，李四这次有点可惜，大王才走半年多，真是祸不单行啊。

什么？王五不解地问，哪个大王？

张三说，李四的亡妻也姓王，在她们单位，同事们也叫她大王。

王五的脑袋瓜嗡嗡响，仿佛一万只蜜蜂在舞蹈。酒量很大的王五，很快就醉得不省人事了。

老两口

老两口是幸福的，幸福地生活在西关街这块多事的地方。老头为了老太太，起早贪黑，任劳任怨。可是，他们的幸福又是孤独的，他们没有合法的婚姻，没有得到子女的尊重和认可。

西关街是一片嘈杂且多事的地方。

谁说不是呢？

一个自发的蔬菜批发市场。早晨三四点钟，这里就苏醒了。先有几声马达的响动，渐渐有了人与人之间的对话，接着人车混杂的声音，一直持续到太阳升到文庙广场的上空。到了晚上，提前准备第二天生意的忙碌人，从吃过晚饭开始，就像陀螺一样转起来。

好多人受不了。失眠，烦躁，健忘。尤其是家里有正在上学的孩子或者老人生病，更是苦不堪言。有人不断向有关部门反映情况，答复说快了快了，等物流大市场建好，就让他们搬过去。物流大市场什么时候建好？谁也不知道，因为已经建了三年了，还没有建好。

好多人选择搬出去。即使这里有房子，有祖产祖业，也狠狠心租出去。得了，将自己的生活让出去，还能咋着。

老两口就是在这个时候，从风景如画的城南新区过来，租了房子，住下。

房东是个老西关，热心人。他多有不解，问老两口，二老真要在这里住下来？得到老两口的首肯后，说了一件刚刚在西关街发生的事儿。

事儿不小，轰动了整个城市。一个上高二的女学生，认为这里人多眼多，安全。同时，自以为定力好，不怕干扰，也在西关街租了房子。可是，前不久，出事了，被一对歹徒劫财劫色。

老两口不以为意。老太太疑惑地瞅瞅房东，眼里仿佛在说，怎么？不想租拉倒。转身又瞅瞅老头，老头一脸镇静，伸出一只胳膊摆摆手，嘴里说，没事没事。

房东才舒一口气，收了房租走人，免得惹老两口不高兴。

老头每天起得很早，天不亮，手里拎个布兜儿，晃荡在菜市场。

老头一个个菜摊子看，看得很仔细。有时，会从口袋里掏出一只放大镜，往菜根菜叶上照来照去，仿佛公安搞刑侦似的，生怕漏掉丁点儿的蛛丝马迹。

老头大多只买一种菜，芹菜。芹菜要小叶，细根，短茎，且水灵，绿色足。

批发菜的贩子，性子差，脾气坏，嗓门高。老头挑好捡好一把两把，问一句，今天多少钱一斤？菜贩子回答，一块五。老头收了放大镜，嘴里咦了一声，刚才不是七毛五吗？菜贩子又说，人家是批发，你是零售。老头又咦了一声，这一声长了些，显然加些不满的成分在里面。菜摊子前面围着一圈子人，他们等着批发蔬菜哩。老头不说话，也不走，只气哼哼地站在菜摊子前。有人打圆场，叫老人家拿走吧，算我的。菜贩子不好再说什么，和气生财嘛，为了一两把芹菜较劲，没意思。他说，好吧好吧，七毛五就七毛五吧。

老头回家将生芹菜用细纱布裹起来，拧里面的菜汁。芹菜虽然水灵，汁水并不多。老头出了一身汗，喘气也粗了许多。

芹菜是降血压的，中医书上说功效明显。老太太血压高，老头煮芹菜汁给她喝，一年四季，从不间断。

下午，阳光从街西头，照到街东头。这个时候，对西关街来说，是一天中的黄金时期。人相对少，车相对少。筒子似的不拐弯的街道，可以慢慢地走走，散散步。

老头跟老太太出来，老两口并排走，很慢，像蜗牛一样。老太太脸色红润，精神头很好，不像有病缠身的样子。

说老太太有福，一点也不假。有老头无微不至地照顾着，能说没有福？

老太太之前患高血压，还有脑梗死。听说都上轮椅了，愣是让老头给拽下来。

老太太能走了，膘水却没减，仍然肥头大脸的。

老头也有福，儿孙福。而老头没去享清福。

老头的儿子在上海定居，一家人的日子红红火火。儿子在外企，年薪四十万。媳妇在电视台做节目主持，长得天仙一样。小孙子更牛，在美国留学。

儿子曾经接老头过去，老头不习惯，三个月不到，又回来了。老头回来后，儿子一家子就没回来过，逢年过节也没回来过。

都是因为老太太。老头是儿子的亲爹，老太太却不是儿子的亲娘。

老太太脾气坏，动不动就生气。老太太生气的时候，撵老头滚，滚得越远越好。

老头滚是滚了，但没滚远。一使劲滚到大街上，回来还拎一两把水灵灵的芹菜。

老太太的怒气已经消了，脸色恢复了平常的红润。

有一天，下着小雨，刮着北风。老头照例起个大早，准备到菜市场买些芹菜。没料到一块石头躲在暗处，绊住了老头的脚。冷不防的东西很可怕，老头紧跑了几步，还是跌倒在巷口的水泥地上。这一跤，跌得不轻，老头被120车风风火火地拉进了医院。

老头没抢救过来，闭着的眼睛再也没睁开。

奇怪的是，老太太当天夜里也走了。她躺在出租屋里，自己的床上，盖着被子，脸色依然红润。

儿子一家子回来料理老头的后事，场面很是热闹。老头的墓地，被安排在城南高档小区的旁边，小桥流水，风景如画。

过了大约一个星期，老太太才被社区的干部处理掉，安放在一个偏僻的地方。

老头若是去看老太太，得换乘三次车，再步行四公里。对于老头来说，是一件十分困难的事儿。

归 来

大师为了迎接他的归来，做足了功课。那个曾经伤害大师的他，有什么值得大师如此厚道呢？也许是道德，也许是责任，也许是虚荣，也许是别的也许。

大师练过功之后，来不及换掉一身飘逸的练功服，便头顶着汗水，脚踩着晨光，从梦蝶广场直接转到了熙熙攘攘的菜市场。

大师买了太多的好菜。大包小包里，有荤有素，搭配既科学又合理。

大师手提肩扛，与小区里的每一个人，笑脸相迎，目光不放过路边的一草一木。一条流浪狗，一开始夹着尾巴，胆怯地盯着大师。大师一脸的阳光明媚，流浪狗觉察出少有的温暖，又将尾巴翘起来。

有个热心的阿姨，也觉察到了大师那日的不同。离了老远，就大呼小叫，生怕关着门窗或者耳背的人们听不到。哟，大师，买这么多的菜，家里来客了？

大师四下瞅瞅，压低着额头，压抑着嗓音回答：老张回来了。

阿姨不明就里，一时木头一样立在那里。心想，老张，哪个老张？能让大师如此重视。她嘴里冒出一个似问非问的疑问，老张？

大师补充回答，我们家的，老张。

阿姨嘴张得很大，语气恢复了往日的热情。噢，他啊，回来了，真的回来了？

回来了。大师说，就一个人。大师的心情十分好，没问的问题，她也提前回答了。

阿姨头点得像鸡啄米，忙说，回来好，回来好。

老张离家出走十来年了。算起来，那时的老张，还不能完全称之为老张，三十多岁，顶多叫他大张。

大张出走的原因很简单，就是想逃离大师现在的这个家。不过，大张当时不是一个人的逃离，他选择了另一个伴侣，一个如花似玉的女人。

当然了，大师那时不能称之为大师。大师那时只是一个普通的人民教师，她每个星期有六节英语课的授业任务。除此之外，很闲，包括双休日，时间上充足得很，没法说。

很闲的日子，她都活在相夫教子的故事里。她先将儿子吃的穿的弄好，打发他去市里一所重点学校上学。而后，把大张的衣服洗好烫平，一尘不染，有角有棱，十分光鲜地让他走动在大伙儿羡慕的眼神里。

可是，有一天，大张领着别的女人走了。这一天来得十分突然，大师极其明亮的眼睛，竟然没有任何前兆性的觉察。

这一走，就是十来年。十来年是个什么概念？有多少辛酸苦难伴随着大师？明白人都会知道，不用想象和计算都会明明白白。

大师开始痴迷气功，痴迷了十来年，持之以恒和勤学苦练让大师成为名副其实的大师。

大师再出去练功，大伙儿便问，老张呢？

大师回答，屋里待着呢。边说边回转身，往五楼的阳台上噘了噘嘴。大师的家在五楼，五楼阳台上空空荡荡的，只有风将晾晒的衣服弄得啪啪作响。

老张怎么不下楼？热心阿姨的问题往往直接而尖利。

大师弱弱地回答，不太方便。便不依不舍地练功去了。

一个阳光肆意的午后，老张终于下来了。让大伙儿诧异的是，老张是大师用轮椅推过来的。

大伙儿期盼着久违的老张，跟老邻居们热情地打着招呼，或者道一句你好也行。而老张没有，老张歪着头，一顶布帽子伸着长长的沿子，将自己的脸部遮盖得严严实实。

沉默了一会儿之后，有人对着轮椅上的一堆肉，喊一句老张啊。可是，老张没有任何反应，只回答几声微弱的鼾声。

大伙儿的脸上呈现更多的诧异，怎么了？老张他？

大师回答，脑出血，留下半条命。大师眼睛里闪烁着莹光，有硬硬的东西堵在嗓子眼里。

　　本来，大伙儿还有许多的疑问。比如，老张怎么得的病？什么时候得的病？还比如，跟老张一起闯世界的那个女人呢？怎么没有见到她？再比如，那个女人跟老张还有关系吗？是老张甩了她还是她甩了老张？等等。可是，看到大师的悲伤，大伙儿怎么开得了口。

　　大师的悲伤，仿佛就是大伙儿的悲伤。大伙儿哀叹世道不公的同时，心里多一份对大师的钦佩。大师不愧为大师，非一般人也。

　　转眼两年过去了，老张恢复得不错，虽然自己不能独立行走，但是慢慢会说句完整的话了。

　　一个秋高气爽的夜里，大师五楼的窗户里，重重地撂下老张的一句话：滚！给我滚！大伙惊叹，是老张吗？使那么大的劲干吗？

　　夜空里，大师压抑的啜泣声飘飞过来，如一只受伤的蚊子。

　　年底，社区在小区推荐一名市里的五好家庭名额，大伙儿一致表决，给大师，此等荣誉，非她家莫属。

　　大师听说后，脸变成土色，忙说，不可不可，万万不可！

　　那天，大师练气功的基本动作都走了形。

诗意墙

专门整治城市牛皮癣的老麻，意外地对一块牛皮癣充满着幻想。

那个叫小雪的名字，勾起他记忆中的美好，才有了这块充满诗意的墙。

可是，事情真的是这样浪漫吗？

老麻从岗位上退下来，闲着无事，做起了文明创建志愿者。

占地三百六十亩的长途汽车南站，东墙外有一个长长窄窄的巷子，宽不过三米，长足有百米。

由于靠近汽车站，巷子里的小广告特别多。卖药的、办证件的、治性病的，甚至还有卖枪支的，真真假假，虚虚实实，不一而足。这些无孔不入的小广告，贴得画得喷得乱七八糟。

政府很头痛这一块。尽管不断采取了铲除、粉刷和围堵的专项行动，收效却不咋样。这些城市的牛皮癣，随着行动的节奏，此起彼伏，此消彼长。

责任心很强的老麻，主动承担这一块的整治义务。

还别说，老麻一上手，巷子里的小广告仿佛沉下海底的石头，轻易露不出头来。

老麻自制了一些工具，铲子、喷壶、刷子、海绵碌子。将这些实用的工具装在一个破旧的电工包里，往自行车上一放，叮叮当当的，随着老麻在巷子里一路歌唱。遇见小广告，先用喷壶喷水，后用铲子贴着墙面一铲，再将海绵碌子一滚，齐了，纸屑都不会留下来。若是碰到油漆刷上去的东西，则动用刷子，把水泥浆往上一抹，再顽强的字迹，也被遮盖得严严实实。

有一天，老麻照例到巷子里巡逻。在巷子深处，斑驳的墙面，有这样一行字：小雪，小雪，我爱你！！！

字是用石子或者瓦片刻上去的，很用力，水泥沙子的墙面上，露出深深的痕迹。字体为行草，写得很洒脱，可见书法功底。只是那三个感叹号，弄得有点憋足。尤其最后一个，没有规则不说，还显得力不从心。

老麻竟被那一行字迷住了。老麻心里藏着的那个小雪，竟然娇羞着一双眼睛，瞅着自己。老麻知道，此小雪非彼小雪。尽管如此，老麻的心里还是认真地疼了一下。

老麻想，这行字，十有八九是向小雪表达爱情的。不知那个也叫小雪的人儿是否能看到？如果小雪看到了，肯定会猜出来心上人儿的。

按照老麻的习惯，那行字是要淹没在他的刷子之下的。可是，老麻那天没动用自己的刷子。老麻想，万一小雪没看到呢？岂不耽误了人家的大事。

老麻走在回家的路上，还在咀嚼着那行字。太有意思了，现在什么年代了，还用这样原始的方式表达爱情。老麻不由自主地揣摩着小雪的模样，高个、白颈、齐耳短发、一笑露两排洁白的牙齿，像谁来着？山口百惠，对，就是那个日本明星。

之后的每天，老麻都会有意无意地走过路过这里，盯住那行字，踟蹰几分钟。

再一天，老麻有了新的发现。那行字的下面，多了一行字：小雪，你不来，我走了，呜呜呜！紧接着三声呜咽的后面，画有三颗泪滴。

老麻心头一紧，心想，坏了。这小雪还真没看到这行字，看把人家急得。老麻的心里不好受，一连几天的心情跟天气一样，阴冷阴冷的。

老麻甚至跨出巷子，在汽车站里溜达，刻意去寻找那个叫小雪的女主人。正是春运时节，车站里车水马龙，人来人往，哪个是小雪呢？瞅瞅这个，看看那个，像，又不像，老麻急得直搓手。

一走进巷子，老麻的心里就难受，就疼痛，就不知所措。

再一天，老麻突然灵机一动，在两行字的下面，加刻上一行字：我在等你，一辈子！

替女主人做完这件事，老麻想，男主人如果能看到，一定欣喜若狂。

接下来的日子，老麻的心情好多了。看到头顶上的蓝天白云，呼吸着郊外的新鲜空气，仿佛又回到青春时代。

全国文明城市的验收工作即将展开，申报单位如临大敌。全城进行了总动员，向牛皮癣决战！

　　一天傍晚，正在巡查的老麻看见一位满头白发的老者，正半蹲半坐在那行字下，用瓦片书写着什么。

　　老麻悄悄来到老者后面，睁大了眼睛一看，下面又多了一行字：小雪，小雪，我爱你！！！

　　老麻气不打一处来，大吼一声，干什么！

　　老者吓得不轻，竟丢下手里的瓦片落荒而逃。

　　那行字，写得同样洒脱。

　　老麻动用了刷子，颤抖着双手，蘸满水泥浆，狠狠地向那几行字抹去。

　　老麻为此大病一场，连走路都气喘吁吁的。

碰　瓷

　　一个巧合的遇见，演变为一个早有预谋的碰瓷事件。个中缘由，谁能说清楚道明白？父亲和母亲，用他们一生的困惑，也没能说清楚道明白。

　　这件事其实很简单，可是用一两句话儿，断然是说不清楚的。

　　如果要理清其中的来龙去脉，还要从我父亲那里说起。

　　我父亲是一名机关的小公务员，整天忙忙碌碌的，工资却拿不了几个。而他的确是一个称职的工作人员，整天趴在办公桌上，给领导写讲话材料。

　　也许因为忙，我父亲的身体一直很好，喝酒时的外号叫一瓶不倒。

　　有一天，他却倒下了，而且倒的不是地方。

　　他正走在回家的路上，突然觉得天也转地也转，路上的行人车辆也跟着转。抬头看看天空，那个火盆转了又转。还算机警的我父亲，顺势抱着路边的一棵梧桐树，倒在了刚浇过水的树窝里。

　　过来一个好心人，在我父亲的指导下，接通了我母亲的电话。

　　我母亲哭哭啼啼赶来时，120车也叽里呱啦地赶来了。

　　好在我父亲没有什么大碍，颈椎病，一个见怪不怪的职业病。

　　医生叮嘱说，没啥，吊两天水就可以出院了。不过呢，平时要注意，改掉一些不良习惯。如果坚持倒着走路，效果会更好一些。

　　我父亲遵照医嘱，尝试着倒着走路。

　　一开始，我父亲觉得很别扭，反其道而行之的滋味不好受。

　　渐渐地，他习惯了倒着走路。渐渐地，他不仅走得很快，而且走得很稳。

一块出去散步，我母亲故意笑话他。说你啊你，又从人变成了猴。

我父亲一路倒着走过来，引起了一路的惊诧声。喇叭声和吆喝声不断响起，生怕撞着没长后眼的人。

事情的起因就是这样。

有一天，我父亲正倒着走着，身后随着哎哟一声，接着传来扑通一声。我父亲也倒在了地上，只不过在我父亲的身体与地面之间，还隔着一个人。当我父亲惊慌失措地起来时，那个人没有起来，还躺在地上妈啊妈啊叫唤。一辆漂亮的女式自行车，倒在了她的旁边，后车轮还在由快到慢运转着。

我父亲打了120，将她送到了医院。

我母亲赶到医院时，我父亲正在手术室外焦急地踱步。我母亲忙问，他爸，你没事吧？我父亲摇摇头，一脸的无奈和痛苦。

她叫魏淑芬，32岁，右臂骨折。

我母亲主动担当照顾魏淑芬的任务，偶尔，我父亲匆匆忙忙从单位赶来，帮帮我母亲。

中间有几天，我母亲患重感冒。我父亲请了假，全天候照顾魏淑芬。

几天后，痊愈后的我母亲炖了黑鱼汤。当她推开病房的房门时，看到了令她心惊肉跳的一幕。我父亲正端着一碗热气腾腾的黑鱼汤，用小勺子一勺一勺地往魏淑芬嘴里送。

晚上，我母亲睡不着，冷不丁地向我父亲发问，这件事，你是怎么想的？

我父亲不明白，随口说了句，啥是怎么想的？

我母亲的火气大了起来，你是真不明白，还是揣着明白装糊涂。她分明是个碰瓷的。

我母亲说的她，无疑就是魏淑芬。

我父亲不同意我母亲的说法。两个人围绕着魏淑芬，整天不停地吵来吵去。在我父亲和我母亲日益紧张的争吵中，魏淑芬已经出院，已经完全康复。

有一天中午，两个人的争吵刚刚结束，魏淑芬拎着一袋水果来了。魏淑芬那天穿得很时尚，身上还洒了香水。进门没说别的，连夸大哥大嫂，你们家真好啊。

魏淑芬一走，两个人又吵了起来。

之后，魏淑芬经常来，我父亲和我母亲经常吵。

有一天，身心疲惫的我母亲说，老张，咱们散了吧。

我母亲从此信佛，对着谁都说阿弥陀佛。之后，我父亲一直过着独居的生活。

我父亲因为与魏淑芬的传言，弄得声名狼藉。工作很苦很累，一辈子却连个股级干部都没捞到。

在我幼小的心灵里，我先恨我父亲，后恨我母亲。恨，就像一根毒草，在漫长的岁月里，生长在我的心里。

三十年过去了，我父亲跟我母亲已经作古，我终于将他们葬在一起，心中的怀念却更加强烈起来。

上个月，在南门口，还见到魏淑芬。头发白了，背有点驼，但走路的脚步，干净利落。

迷 路

在人生的道路上，父亲以其独有的方式迷了路，而且迷了二十年。

回归本真的父亲，让我看到一个曾经的他，使我迷途知返。

雨下了一整天。华灯初上时，仍然沥沥淅淅停不下来。一胖一瘦两个警察带着父亲进来，他们三个浑身都湿淋淋的。

儿子紧张地站起来，一步上前抱住了惊慌失措的父亲。爸，您到哪儿去了？父亲的肩头，落下儿子的呜咽声。

父亲的目光穿过儿子的肩头，望着颤抖的母亲，哆嗦着乌青的嘴唇说，我迷路了。

母亲突然跳起来。迷路？老于，你敢再说一遍你迷路了？母亲灵活的指头，像鸡啄米一样点着，点到父亲的额头后，又点到两个警察面前。两个警察半步一个后退，站着的地方留下一摊雨水。

儿子对母亲的表现异常失望。千不该万不该，母亲不该在警察面前如此失态，他重重地叫了一声妈啊。

母亲突然蹲坐在地上，孩子似的哭泣起来。哭声从屋里飘到屋外，飘到黑暗的雨夜里，一声比一声高亢，一声比一声雄壮。

母亲的哭泣是有道理的，也是可以理解的。

这事应该从二十二年前的一个春天开始说起。

那天一大早，太阳还没完全出来，母亲便兴冲冲地跑到东关菜市场，准备了一篮子新鲜且上乘的好菜。

母亲喜滋滋，逢人说，今天呐，是我们那一口子的生日，要好好庆祝庆祝。

从菜市场回来，母亲就在厨房里忙活。满满一桌子菜，在客厅里散发着扑鼻的香味。一股股香味，从客厅里出来，随风在大街上游走。

太阳在天上也慢慢向西游走。母亲在客厅里打着盹，电话节目停在同一个频道，反复做着同一个广告。夕阳西下，孩子们叽叽喳喳的，放学了，父亲还没有回来。

邻居们躲在太阳的阴影里，小心地说着话。她啊，真傻！她指的是母亲，傻当然指的也是她。

母亲哪里知道，她苦苦等待的父亲，已经如同一只展翅高飞的雄鹰，消失在她遥不可及的天空里。而且，她更不知道，父亲走的时候，不是一只，而是比翼双飞的一对。

时间过得真快，一晃二十个春秋过去了，儿子长成一个帅小伙了。

帅小伙儿子时尚阳光，魅力十足，去年已在一家公司上班。整天风风火火的，忙得屁股不沾板凳。

父亲就是在这个节点上回来的。

父亲头发灰白相间，后背微驼，脸上的皱纹如刀刻斧凿一般。他哆嗦着嘴唇，像在冬天挨了冻，尽管那天又是一个阳光明媚的春天。

他破产了，却说迷路了。

看在左邻右舍的面子上，母亲能够容忍他的暂时居住，绝不能够容忍他的迷路。所以，父亲说他迷路了，母亲立即愤怒了。

二十年，虽然很短，但是很长。这期间，父亲做了些什么？难道用迷路了三个字就能概括得清楚？

据说，父亲去了东北。东北是块肥得流油的土地，种瓜得瓜，种豆得豆，即使种下一粒芝麻，也能收获一遍翠绿。只是，他过于钟情于另一块土地，而荒废了大自然的赐予。那个他迷恋的女人，最终离他而去。

父亲对此只字不提，他的二十年，只是活在邻居们话语中的据说里，真实的故事，仍然尘封在他人生刻骨铭心的历史里。

母亲每每质问，你迷到哪里了？

父亲只把自己的脑袋埋在自己的裤裆里。

迷路了？你好意思说，迷到狐狸洞里了吧。母亲每每得不到正面的回答，总是自言自语下着结论。

可是，父亲的迷路接二连三，不因母亲的愤怒而改变。

第二次是环卫大叔送回来的。

第三次是儿子找回来的。

第四次，母亲对一身疲惫的儿子说，到电视台打个寻人启事吧。

第五次，第六次……母亲的语气一次比一次入耳、绵柔、温顺。

母亲态度的变化，儿子略感欣慰。毕竟，他身上流淌着他们的血液。

儿子想，父亲真的生病了，他要带他去看一看。儿子又想，如果母亲也病了，自己的麻烦就大了。儿子再想，如果自己病了，这个家会怎么样呢？

儿子选择了辞职。尽管那份职业，能给儿子带来丰厚的生活。

他在微信私聊空间里，对一个叫"懂你的人是我"的中年女人写道：大姐，谢谢你的关心和厚爱，世界很大，我要去远行。

儿子觉得，自己的路还很长很长。

吃 货

吃货本来不是一个褒义词，在我娘对我哥的称呼中，我对我哥吃货的形象铭记于心。长大后，我才知道我哥不是我娘亲生的，我娘是有意让我哥在家中当这个吃货的。

我娘说我哥是个吃货。

从小到大，从大到老，我娘一直说这样一句话：你哥是个吃货。这句话，把我的耳朵里都磨出了茧子。

我娘是不是迂了？或者疯了？不！我娘的头脑一直很清醒。

这事儿还是从四十五年前那个冬天说起吧。

我娘走在赶集回家的路上，细碎的雪花已经落了下来，大地即将蒙上一层厚厚的白被。我娘走得急切，家里的红薯窑还没有来得及封口呢。身后，响起一串咯咯嗒嗒的声音。我娘真的没有听见，在空旷的田野里，所有的东西一望无际，一阵阵急吹的北风，在旷野里游走，还有什么能让我娘留心在意呢？咯嗒咯嗒，咯咯嗒嗒，声音一直跟在我娘的身后。我娘左看右看，除了滚动着的细碎雪花，就是尚且裸露着的黑土地。下意识中，我娘回了一下头，意外发现了一只鸡。

很肥的一只母鸡，顶着一身的芦花，正仰着头盯住我娘，咯嗒咯嗒。

我娘又四下里瞅了瞅，远离的村庄在飘落的雪花下，显得十分模糊。这是谁家的鸡？我娘本在心里问，却不由自主地说出了口。没有人回答我娘的问题，因为眼前，除了那只鸡，就是我娘，我娘的问题很多余。我娘蹲下身子，从口袋里先摸出一块糖，然后装进去，又摸出一个糯米团子，伸手到鸡的面前。这些吃食，都是我娘为我和我哥准备的，没想到在半路上派上了用场。

我娘轻而易举地抱起了那只鸡，小步快跑往家里赶。

我爹面前放几颗花生米，手里端着一个酒杯，滋溜一声，把一小口老烧弄进嗓子眼里。

我娘抱着鸡进来，我爹眼里放着光亮，目光跟着我娘打转转。这娘们，发财了。我爹想，心里美美的。

夜里，我爹开始悄悄地磨刀。我爹决定，悄悄地把那只鸡宰了。我看到，我爹磨刀的时候，嘴里流出一串黏液。临睡前，我爹警告过我和我哥，说出去，死了死了的。我爹边说，边用已经透出亮光的刀，在自己的脖子上比画着。

次日，我还在想，那只鸡活不到晌午了，等我娘下地回来，那只鸡可能就瘫倒在锅台边上了。

当我爹准备在晌午之前动手的时候，那只鸡却在院子里叫了起来，咯嗒咯嗒、咯咯嗒嗒地没完没了。

我爹在鸡窝里惊喜地发现，一枚蛋，红红的皮，大大的个，握在手里，热乎乎的。

这样，我爹的下酒菜里，偶尔有一小份黄澄澄的炒鸡蛋。

我娘把鸡蛋藏在麦秸垛里，她要用它换油换盐。围绕着鸡蛋，我娘和我爹的捉迷藏游戏，愈演愈烈，直至口角纷争大打出手。

可是，我爹再也没动过杀鸡的念头。

我哥出了疹子，身上撒满了星星样的红点点。

我娘很慌张。从麦秸垛里掏出两枚鸡蛋，烧开一锅沸腾的水，将鸡蛋打到锅里。

鸡蛋在锅里翻了个身，我娘就将它们捞在碗里，端到躺在床上的我哥面前。我的儿，赶紧吃，表一表就好了。

表一表是什么意思？后来，我认真查了字典，知道是发一发的意思。

我娘认为，出了疹子发一发，等疹子出来完了，病就好了。自然是偏方，有一定的道理。

我哥吃了鸡蛋，我跟着沾了光，喝了一碗鸡蛋汤。汤鲜得很，怎么说呢？简直无法形容。

一年内，我哥出了三次疹子，我喝上了三次鸡蛋汤。可是，我什么时候才能吃上鸡蛋呢？汤都鲜得无法形容，鸡蛋呢？会好吃到什么样子？我实在难以想象。

我哥又出疹子，我撸起胳膊上的衣服，把自己的皮肉在我哥的疹子上沾了沾。我渴望，我赶紧染上我哥的疹子。日复一日，我的皮肤仍然黑黑的，没有一丝一毫的变化，这让我的童年很失望。

那只鸡劳苦功高，终于熬尽了生命，却给我们家带来无尽的幸福。

此时，我爹的病日益严重，哮喘病制造出来的效果，跟烧火的风箱没有什么两样。

我娘想将那只垂死的鸡炖给我爹吃，我爹拒绝了。我爹有一口没一口地请求我娘，把它埋了吧。

我哥做了厨师。

我爹已经走了三十多年了。

我哥吃得肥头大耳，一个啤酒肚子，总是走在自己的前面。

我娘说我哥是个吃货。我娘越说，我哥给我娘买的东西越多。

我娘说，打小你哥比你吃得多，你别怪你娘呐，你哥是个吃货。

我只笑而不答。

我爹临走的时候，悄悄告诉过我，你哥不是我和你娘亲生的，是你娘从乱死岗上捡来的。

我娘说那句话时，我起茧子的耳朵里痒痒的，很惬意。

检测亲情

儿子请求父亲进山自有目的，"玩失踪"竟然是他自编自导的情感剧。智慧的儿子通过在山里的突然失踪，检测到了父亲和母亲以及自己之间存在的人间真情。

儿子央求父亲，带他进山。因为老师布置了一篇作文，他想写山。不进山，怎么了解山？又怎么写好山呢？

儿子的要求是正当的，理由也相当充分。尽管父亲平时工作很忙，但对于一个勤奋好学的儿子来说，父亲毫不犹豫地答应了。

周末，父亲真的带儿子进了山。

正是初秋季节，山林茂密，山花烂漫。山路蜿蜒曲折，峰回路转。阳光从山头上泻下来，山风从峡谷中吹过来。儿子高兴极了，像山林里一只快活的小鸟。

儿子对山是陌生的，陌生自然会产生新奇。儿子一会儿问这，一会儿问那。父亲倾其所能，耐心地回答儿子的问题。儿子怕脑子不好使，拿出随身带的纸笔，认真细致做笔记。

父亲很高兴，脸上始终荡漾着无尽的笑容。有这样的儿子，做父亲的自然是喜不自胜。

父子俩在山里度过一个上午和一个下午。时间之于兴趣而言，总是十分短暂的。山里的天气变化无常，刚才还阳光普照，临近傍晚，却阴云密布，空气中飘荡着零零星星的雨丝儿。

父亲催促儿子，赶快下山。如果不在天黑之前赶到山下，麻烦可就大了。

但一转身，儿子不见了。父亲有点儿迷惑，儿子刚才还不知疲倦地叫着，却突然没有了声音，又突然没有了影子。山上的乌云一块块压下来，仿佛即将倒下来的山体一样。

父亲忙喊儿子的名字，儿子没有应声，只有山风在一阵紧似一阵地呜咽。

父亲有点儿急了。父亲倒回来，边往回走，边大声呼唤着儿子的名字。

儿子的名字在山谷中回荡，父亲的声音随风极力游走。

远处传来几声野兽的嗥叫。父亲知道，自己的喊叫会招来狼。一想到狼这个字，父亲害怕了。在山中，狼是人类最可怕的动物。

天空完全暗下来，周围除了黑暗，还是无尽的黑暗。

父亲停止了呼唤，凭着感觉在黑暗中摸索。父亲想尽快摸到儿子，甚至不放过每一块石头。父亲的手掌摸到一块冰冷的石头，又一块冰冷的石头，而就是没有儿子温热的身体。

父亲曾掏出打火机，打火机也是父亲随身携带的可以照明的唯一工具。但山风一吹，孱弱的火苗就灭了。只一会儿，打火机里的液体就燃尽了。黑暗的周遭被瞬间撕下一个口子，复又陷入周遭的黑暗。

父亲耗尽身体全部的气力，摸到的还是一块块冰冷的石头。父亲彻底绝望了。父亲想，儿子八成是掉进了山崖。

彻底绝望的父亲，思想上作了激烈的斗争，待摸到山崖边，父亲就会悄无声息地跳下去。

儿子在身后突然喊，爸，我在这儿。

父子俩抱成一团，哭泣声也滚成一团。

父亲说，儿子，你在哪儿?

儿子说，我就在你的身后啊。儿子仿佛没事儿似的，一点儿也不理解父亲的焦急。

父亲说，儿啊，找不到你，我就要跳悬崖了。

儿子已不再作声，周遭只有山风在呼呼作响。儿子已经泪流满面，儿子的呜咽声被呼呼的山风吞没了。

儿子的思绪回到几天前的一天。那天，妈妈泪流满面。妈妈哭着对儿子说，爸爸不爱我们了，爸爸在外面另有新欢。开始，儿子还有点儿将信将疑。现在，儿子深信，父亲不会不要他们的。因为，父亲还深爱着他们。儿子想，下山后的

第一件事儿，就是亲口对妈妈说那句话儿。

父亲已经顺利通过了自己的亲情检测。

儿子对妈妈说了自己在山里亲身经历的那段事儿。

妈妈愕然。妈妈想对儿子说出真相，妈妈想说自己想演好一个角色，所以才对儿子说了那段戏里的话儿。妈妈没有别的意思，妈妈只是一个敬业的演员，妈妈只是想演好那出戏。

妈妈没说，妈妈只泪流满面。

宝 儿

一只被老两口起名叫宝儿的小狗，给退休的他们带来无限的乐趣。而他们与小狗之间的种种快乐，却给儿子媳妇平添几多酸味。宝儿的最终离去，将家庭的辛酸冷暖跃然纸上。

老两口都退了休，闲着无事。

乡下的侄子来，抱了一条小狗。侄子要举家外出打工，小狗无处安身，便想起二老。

小狗脏兮兮的，一身白毛灰不溜秋的，沾有草屑。且瘦，皮包骨。眼睛陷进眼眶里，无神。

侄子走后，老两口便烧热水，给小狗洗了澡。老太太还从箱子底下找出一串铃铛，孙子小时候玩过的，挂在小狗的脖子上。稍有精神的小狗，在老两口跟前一步一颠，铃铛叮当有声，屋子里便多了一丝生气。

老头子特地买来大骨头，炖了。老两口吃肉，让小狗啃骨头。小狗吃骨头的馋相啊，逗得老两口眼泪都笑出了。

有一天，老太太说，得给小狗起个名，总不能小狗长小狗短地叫吧，多土气！老两口合计过来合计过去，总觉得不妥。最后，还是老头子的意见占了上风。老头子起的名叫宝儿。因为侄子叫小宝，小狗又是侄子送来的，就叫宝儿。老太太同意了。

可是，小狗没有同意。一喊宝儿，小狗不理不睬。老太太说，得训，让它知道自己是谁。老头子就准备了二斤火腿肠和一根木棍。老头子喊宝儿，小狗闻到火腿肠的味儿，便过来了。老头子并不急于给它吃，而是待小狗跑近，把火腿肠高高举起。有时候，小狗不听唤，就用小木棍敲一下。一来二往，叫了声宝儿，小狗先愣愣神，过后就乐颠颠地跑过来了。

老两口出门锻炼，临走时交代宝儿。宝儿，好好在家待着，回头给你买些好吃的。宝儿摆了摆尾巴，一路叮当地跑到沙发底下。看到宝儿如此乖巧，老两口高兴得不得了，走路的脚步仿佛风推着似的。

有一次，老两口出去的时间稍长一会儿。宝儿在屋里实在憋不住，屙了一泡。老头子气得拿起小木棍，老太太在旁边劝，宝儿从乡下来，还不太懂规矩，告诉它不就行了吗？如果再犯，再打也不迟。老太太这么一说，老头子的手软了下来。

再出门的时候，老两口就带上宝儿。老两口不慌不忙地走，宝儿叮当叮当在前后撒欢。有时跑得快了，把老两口撇在后头，就折回头来跑，跑过了，再折回头。老太太喊，宝儿，注意汽车！大路上的车多，可没长眼睛。

宝儿成了老两口生活的一部分。自从有了宝儿，老两口的胃口似乎好了起来。过去做一点菜，剩。现在老两口每天都弄两个菜，能吃多少就吃多少，加上宝儿的消费，居然顿顿不剩，下一顿吃的都是新菜。

宝宝有一天病了，没精神，流鼻涕。老太太说，坏了，洗澡没给宝儿擦净，出门伤了风，可能是感冒了。老头子正忙着看晨报，听老太太一说，觉得也是，宝儿不想走路，叮叮当当的声音没了。老头子放下一条新闻没看完，就取下花镜，抱起宝儿去宠物医院。宝儿那次感冒，既打针又吃药，花去一百多块。老头子并不心疼钱，老头子还对老太太说，医生说了，再晚了，病毒感染，宝儿就怕没命了。幸亏发现得及时，治疗得及时啊。宝儿病好了的那天，老头子早早就去了菜市场，买来一大包鸡啊鱼啊的。老头子自言自语，得给宝儿加点餐了。

老头子的同学来孙子，在酒店里办喜宴，邀请老两口去，老两口带上了宝儿。坐桌的时候，还闹个笑话。宝儿坐在上座那个位置就是不下来，任老头老太太怎么劝都不听。老头子生气了，要开打。一帮老头老太太都劝他，跟小狗一般见识干吗，坐就坐呗。

宝儿的事儿，最终传到儿子儿媳妇耳朵眼里。儿媳妇阴沉着脸，当初带旺旺的时候，也没那么带劲！旺旺是老头老太太的孙子，在外地贵族学校上学。儿子不吭声，只把嘴里的黄瓜嚼得风生水起。

年前，乡下的侄子打工回来，进城给二老送年礼。临走，要带走宝儿。老两口跟侄子商议，让宝儿留下来。侄子一脸阴沉，说什么也不答应。

父亲的毛驴车生涯

作品以日记的方式，通过一件件小事，将父亲与毛驴车链接起来。在穷苦的日子里，父亲以苦为乐，毛驴车增强了其生活的信心。而福兮祸兮，世事无法预料。

3月28日，晴转阴。

母亲在院子里打扫卫生，收拾翻晒的衣物。

院子门突然被撞开，父亲兴冲冲地闯进来，高喊一声，找着活了。

父亲的这一嗓子，犹如平地一声闷雷，把母亲手中的衣物惊得散落一地。

惊魂未定的母亲，还是不无惊喜地问，啥活？

毛驴车。父亲有一搭没一搭地回答。然后点上一颗粗大的糙纸卷烟，悠然自得地吸一口。渐渐升腾的烟雾，朦胧着他充满幸福的眼睛。

啥毛驴车？母亲一头雾水。

父亲讪笑，好像答题不完整的孩子。噢，就是赶毛驴车，给工地上送沙子。

找着这活儿，多亏王文武。王文武是我远房表叔，在县城的建筑公司带工。

王文武一直是我们家值得骄傲的一门亲戚，父亲经常念叨着他，并且一再提起他的小时候。王文武小时候就没有了爹娘，是靠亲戚朋友和老少爷们救济长大的。那时，我爷爷的日子过得还好，便长年累月地接济他。但是，后来王文武出去闯荡，在建筑公司混得十分不错。而我们的家境由于爷爷的猝死和奶奶的体弱多病日渐衰落。

记得每年的正月，王文武都衣着光鲜地来到我爷爷坟上，郑重其事地磕上三个响头。每次王文武来，父亲母亲忙得像陀螺似的，不是割肉就是打酒。乡亲们会很羡慕地问父亲，老表来了？父亲也会激动万分地说，老表来了！

父亲出村的那一天，是一个阴云密布的天气。久旱的庄稼，的确需要一场及时雨了。父亲已等不及这场及时雨的到来，仍赶着毛驴车出村了。毛驴的蹄子，踏在硬硬的泥地上，嗒嗒嗒地响。整个沉睡且了无生机的村庄，被驴蹄子的声音弄得尤其鲜活。父亲还兴奋地甩起响鞭，像与村庄的告别认真地打个招呼。

整个夏天，几乎没有一场像样的雨。庄稼地里咧开了嘴，庄稼叶子像一只只无力的手。母亲不止一次地站在村东头的高岗上，眺望县城的方向。母亲想从天边飘过来的朵朵浮云里，得到那么一丁点儿父亲的消息。

农历年二十八，多云。

村口突然炸起一串响鞭，而后是毛驴蹄子欢快的嗒嗒声。母亲甩掉满怀的柴草，急不可耐地打开院门，迎接父亲的到来。

父亲跳下驴车，边往门前的槐树上拴毛驴，边深情地看着小跑过来的母亲。父亲说，我回来了。父亲把"我回来了"四个字咬得很重，好像一个凯旋的将军。父亲买来了好多年货，还给母亲和我各买了一套叫的卡布料的新衣服。母亲嗔怪，不会省着点。眼睛里却闪烁着金子般的东西。

那个年，我们过得有滋有味，就像嘴里嚼着的饺子。父亲边吃饺子，边向前来家串门的乡亲们，饶有兴趣且不知倦怠地介绍他的毛驴车生涯。母亲则把一碗肉馅饺子倒进驴槽，也让这位功不可没的畜生分享我们家的幸福日子。

2月26日，晴天。

父亲赶上他的毛驴车，去了县城。临走，父亲满怀信心地对母亲说，过两年，把房子推倒，重盖。

过了两年，正如父亲所言，一个风和日丽的初春日子，我们家的茅草房在众人的号子声中轰然倒塌。随之竖起来的，是三间青砖灰瓦的大瓦房。大瓦房在村子里十分扎眼，如同一只丹顶鹤立在鸡群之中。

我上五年级，正在升初中的关键时刻，媒人上门，给我说媳妇。母亲虽然高兴，但不敢强当家。母亲说，等他爹回来再说吧。

7月28日，阴天。

表叔王文武慌里慌张地从县城奔来，一把把母亲扯到里屋，悄声说了句，坏了。母亲的哭声，就像杀猪似的惨叫。随后，天空飘下毛毛细雨。

父亲是在当天连人带车钻到大货车底下的。为了赶活，一天一夜没休息，驴惊驾。

责任在父亲，没赔着钱。

父亲那年 33 岁，和我今年同龄。

父亲的工人梦

人生孰能无梦？父亲亦有梦。父亲的梦普通平常，就是想当一名铁路工人。现实无情，父亲没能继续自己的梦，却时时生活在梦里。

爷爷走后不到半年，奶奶的左眼瞎了。

父亲八岁，正在院子里玩。奶奶一揉再揉自己的左眼，却看不清眼前的世界。奶奶把父亲叫过来，蹲在儿子的面前：娃啊，帮妈妈吹吹眼。父亲认真地吹着奶奶的眼，脸蛋儿鼓得圆圆的，如雨后池塘中憋足劲儿叫的蛤蟆。但无论父亲怎样卖力吹，奶奶那只曾经美丽的大眼睛什么也看不见了。

奶奶十分生气地跺着脚，对东南方向厉声说，挨千刀的，走就走了，蒙老娘的眼睛算什么本事。东南那块油菜地里，有一座爷爷的孤坟。

父亲便是这个家唯一的男人。奶奶颤抖的手抚摸着他满是草屑的头，喃喃自语：娘的顶梁柱啊。父亲不懂什么叫顶梁柱，问顶梁柱是干什么用的？能打狗吗？能撑天吗？奶奶深陷的眼窝里蓄满白花花的珠子。

父亲学会了挑水。不过，父亲的水桶跟人家的不一样。人家的水桶是木头做的，很大。且上了桐油，锃光发亮的。上了肩，扁担一闪一闪的。走起路来，有一种雄赳赳气昂昂的魄力。父亲的肩上，是两只很小的油漆盒子。盒子是做木匠的二叔送的，并特别交代奶奶和父亲要小心用，千万别弄丢了，也别弄坏了。那两只珍贵的盒子，还是二叔给镇上的毛队长漆门时藏下的。冬天，寒风刺骨，父亲挑着两只盒子，盒子里的水溅到光身裸背的父亲身上，有一种刀割斧凿般的疼痛。

父亲还学会了锄地。一开始，父亲握不住锄杠，把刚泛青的豆苗锄掉了。在那个饥寒交迫的年代，豆苗可是人的命根子啊。奶奶心疼得跳，用锄杠没头没脑地打了父亲。父亲不跑。父亲越跑，奶奶打得越厉害。

奶奶的脾气如入冬的天气越来越坏，对生活仿佛绝望透顶。奶奶找队长吵，找队长闹。甚至为了一两句闲言碎语，与乡亲们闹得脸红脖子粗的。因此，奶奶的人缘极差。跟奶奶吵过架的女人便咒她，早一天晚一天右眼也得瞎。奶奶更加得理不饶人，会绑个草人，在人家门前骂上三天三夜，直到女人讨饶装孬为止。然而，尽管如此，每到救济粮指标下来的时候，队长会照例把半袋小麦或一小麻包红芋干子送过来。队长还讨好地说，三婶子，有什么困难，还跟我说啊。那时的奶奶苦笑着夸队长好，队长为了自己全年生活的安宁，也会冲奶奶皮笑肉不笑一番。

奶奶的泼是出了名的。父亲在村子里受了孩子的气，不论是不是父亲的理儿，奶奶断然是不会答应的。奶奶找上人家的门，直到人家赔起笑脸。吃了亏的人家劝走奶奶之后，也会自己劝自己，寡妇熬儿不容易，别跟盲人一般见识！

父亲十六岁那年，好像上了底肥的玉米秸儿，忽然长得又高又大。父亲的脸，黑。皮肤，糙。喉结儿，在脖子上滚来滚去。嗓门儿，闷声闷气的，说起话来，如一块石头砸在淘草缸上。

正好铁路部门来村里招工，父亲就去了。

奶奶拐棍戳地，对着父亲的背影骂：鳖羔子，好歹死在外边，永远不要回来！

工地在芜湖。父亲说，那是一个很大的地方。大到什么样呢？父亲思考了一会儿才说，人山人海，一眼望不到边啊。父亲在工地上抬石子，两个人一个大箩筐。沉，上了肩，脚下轻飘飘的，不扎根似的。枣木扁担，头尖，嵌到骨头上，钻心地疼。和父亲搭肩的叫刘开远，定远人，个大。起肩的时候，刘开远让父亲在前，然后把缆绳往自己一边捋了捋。现在，父亲仍念念不忘刘开远。父亲说，好人呐，承人家的情呢。我们问，刘开远呢？父亲摇摇头，十分遗憾的样子。

在铁路上干了一年多，父亲的力气也长大了。父亲会学刘开远的样子，对新来的工人照顾有加。父亲的表现很好，工段长曾找他谈心，说要好好干，将来有机会转正。转了正，就是国家正式工人，就吃商品粮。父亲干得更加带劲，总盼着那一天的早日来临。父亲心想，等转了正，将老娘接走，也让她享受人间的幸福。

这理想的一天还没到来，家乡托人捎来口信：奶奶的右眼瞎了。

父亲又回到淮北平原上那个贫穷的村庄。

父亲待在贫穷的村庄里，直到奶奶在世上最后的日子也没有离开过。奶奶临走的时候，似乎特别善解人意。她断断续续地唠叨，没有法儿的事，只是对不起乡亲们，若不是撒泼耍赖，也许没有姓王的这门人家。

父亲经常提起刘开远，说起这个人的好。父亲有时会问自己，刘开远在哪儿呢？而后，一往情深地望着芜湖的方向。最后而且最好的判断，刘开远留在了铁路上，至于在不在芜湖就不好说了。可能在上海，也可能在武汉。总之，刘开远成了正儿八经的铁路工人，而且住在大城市里。

每当父亲说起这件事儿，我们就打趣他。爸，您老要不是心里装着奶奶，也该住在大城市里了吧！也该是正儿八经的铁路工人了吧！

父亲凝重的脸上，忽然开出无数朵细碎的花儿。父亲用食指点着我们三个说，我要在城里，哪有你们这群鳖羔子。

我们会笑起来，父亲也跟着笑起来。

父亲的账本

父亲的账本很特别，记录的竟是为我从小到大的花费，我十分不理解，曾经无比厌恶。长大后，我终于明白了。

父亲有一个神秘的账本，白底红格的信纸装订，黄色牛皮纸粘贴的封皮。封皮上大大粗粗地写上两个黑字：账本。

里面记的是什么内容？我不知道。父亲宝贝似的锁在属于自己的木箱子里，钥匙自己挂在裤腰带上，走着坐着随身带着。偶尔用他的那串钥匙开门，他尤其警惕，用完了必须马上归还，否则他就会作狮子吼。

那个账本，别人是看不到的。尽管我是他的儿子，但这个别人里面也包括我。母亲说，小气！母亲说这句话的时候，声音怯怯的，轻悄得像自然落地的树叶儿。而且母亲的表情怪怪的，目送父亲远去的背影翻白眼。

夏季的雨说来就来，暴似倾盆。只一阵风，天地间便连成千千万万条串串的白。场上晒着刚从地里抢回来的麦粒儿。这一场突如其来的暴雨，将父亲和母亲春夏两个季节的血汗无情地卷进涡河。没有了麦粒儿，全家人的细腰不知又要细去多少圈。父亲在赶集回家的路上，同样的暴雨也将他汗臭冲天的身体反复冲刷。老天爷如同一个洁癖患者，不厌其烦地漂洗一件肮脏的衣服。

母亲的哭声在雷声和雨声交织的激情乐曲中显得十分弱小，甚至不及一声黎明前杂乱的鸡叫。

父亲痛打母亲。父亲铁青的脸庞阴云密布，仿佛雨前的天空落在他的脸上。青筋暴露的拳头似一对苍劲有力的铁锤，把从泥水里爬起来的母亲一次次轻易放倒。左邻右舍出来拉架，父亲的拳头似乎比之前更加威力无敌。

母亲哭了一天一夜。母亲边哭边独自诉说着暴雨的突然和女人的无奈。母亲哀号的腔调，如家乡泗洲戏中的一段悲剧，母亲将那段悲剧演绎得惟妙惟肖无与伦比。黎明时分，母亲哭声小下来，沙哑的腔调没有防备地提到那个神秘的账本。母亲断断续续地说，小气……呐，连自己儿子花的……钱，都记在……账上。父亲蹲在散发着草屑和粪臭味的牛屋里吸闷烟，突然吼叫一声，撕烂你的嘴！

父亲的小气是远近闻名的。父亲从村头买了二斤水豆腐，挤了水分后竟找上门说人家不给够秤。上集到粮行卖粮食，为二两去皮的小事，与行头争吵了三个多小时。大毒的太阳下，在地边捡麦粒儿中了暑，花去二千块钱的药费。村里的歪嘴三爷说起父亲的故事，三天三夜都不重样。当然，父亲对母亲的苛刻也毫不逊色。吃饭的时候，母亲盛了回头碗，父亲的眼球瞪得跟牛似的。母亲剥洋葱，多去一层壳，父亲骂母亲成事不足败事有余。甚至洗衣服时，母亲多用一桶水，父亲都会鬼哭狼嚎一番。

父亲没有撕烂母亲的嘴，母亲依然在诉说着父亲的小气。母亲经常唠叨，小气啊，连给儿子花的钱都记账上，小人！母亲把父亲上升到小人的高度，显然是对父亲的严重不满和强烈抗议。

我开始记恨父亲。我觉得他不是一个真正的父亲。如果他是真正的，怎么会将我的学费也记在账上？以后会让我还吗？算不算利息？我甚至怀疑我不是他亲生的，或者是从别人那里要的，再或者是从路边捡来的。我问过母亲，母亲没搭腔，只用粗糙的冻手摸一摸我的额头。

离开家到外地上学，我发誓绝不给父亲写信。父亲的来信几乎每月一封，但我都会划燃一根火柴，目睹父亲的言辞慢慢化为灰烬。我宁愿挨饿，从不张口向父亲要钱。我怕他会如数记在账上，又怕将来我一旦没有钱又怎么还他。我只给母亲写信，只问母亲要钱。我知道母亲不识字，信是父亲读的写的，钱也是他出的。因为父亲掌管着家里的一切，他不会放权给母亲。我固执地以为我只欠母亲的钱，不欠他的钱。

过年的时候，母亲悄悄跟我说，他也不容易，谁叫咱们家穷呢。母亲还说，他比过去强多了，有一次还为打我那一回说声对不起哩。望着菊花似的笑容开在母亲脸上，我想母亲是一个太容易满足的人。

大三那学期的秋天，母亲来信说，父亲想来学校里看看，我仍然毫不犹豫地拒绝了。

参加工作娶妻生子后，母亲经常说起父亲的变化，我才与父亲的关系有所缓和。父亲毕竟是个农民，一辈子土里刨食不容易。他能让我坚持读书，脱离祖祖辈辈蜗居的村庄，已是明智之举。逢年过节，我给母亲添置新衣服的同时，偶尔也会给他弄一件。父亲很高兴，穿着新衣服村前村后跑，专往人堆里钻。

父亲的账本，仍然是压在我心头的一块砖。父亲的账本里到底记的是什么呢？有一天趁着酒兴，我向父亲提起这件事儿。父亲龇牙咧嘴，装作喝酒痛苦的样子，仿佛我的问题与他无关。

救护车将父亲拉进医院，出来时他已经半瘫。他的下半身不能自主活动，只能靠铁制的轮椅出来进去。医生嘱咐，一定要让老人多晒晒太阳。晴天的时候，母亲会将他推到场上，或院子的空地里，静静地让他享受阳光的温暖。

有一天，阳光下的父亲卧在轮椅上睡了，褶皱的脸庞挂满幸福的笑容。脚下，从他的怀里滑落一个黄中带灰的牛皮账本。

我偷偷翻了翻，上面有这么几段记录：1986 年 4 月 3 日，买书包 1 块五，儿子高兴极了，蹦蹦跳跳跑向学校；1993 年 6 月 23 日，上集卖一袋麦子，给儿子寄去生活费 40 元；1999 年 8 月 19 日，儿子大学通知书到了，花 120 元买一桌菜，请左邻右舍在一块高兴高兴……

父亲记得十分详细，像小学生做作业一样认真，一笔一画，工工整整。尽管父亲的字写得很差，但我从小到大的生活场景在字里行间跳动，如放幻灯片似的历历在目。

我的眼眶里塞满无比坚硬的东西。

父亲说了句梦话，我急忙将账本悄悄丢到他的脚下。

父亲一年没进澡堂洗过澡了，该让他老人家好好地在热水里泡一泡。我对着灿烂的天空认真地想。

父子的母校

父亲鼓吹并炫耀自己的母校，而他从没上过学，是个文盲。当我成为父亲所谓母校的一员，我才真正体会到父亲的良苦用心。

父亲对儿子说起他的母校，腮边的胡茬儿都飞快地跳起舞。

父亲说，那操场，那教学楼，那梧桐树。父亲放下手中的锄头，夸张地打开自己的双臂，语无伦次地说，那家伙，那个大啊！那个高啊！那个美啊！

儿子的思想，随着父亲夸张的动作，鸽子一样地飞向远方。

父亲放下双臂，风摆树叶似的抖着右手再说，还有那教室，那家伙，窗明几净。父亲从嘴里喷发的唾沫和浓重的烟草味，在阳光下的田野肆无忌惮地游走。

儿子屏住呼吸，全神贯注地看完父亲一连串的表演，最后才语气稚嫩地问，爸，你的母校真的那么好吗？儿子不是不相信父亲的话儿，实在是儿子没见过被父亲夸奖得如此美好的学校。

父亲似乎不高兴，一脸愠色地拨弄了一下儿子的脑袋。儿子的脑袋，弹簧似的晃了晃。父亲语气凝重地说，你小子，我说的还能有假！

儿子的梦里，就有了父亲的母校。有了那操场，那教室，那高楼，那梧桐树。

父亲从村外一步三摇地走来，背上压着山一样大捆的柴草。眼看就要入冬了，父亲必须用这些柴草，认真地对付这个即将到来的寒冷冬天。

儿子似乎很有眼色，每当喘着粗气的父亲将要蹲下放掉柴草的时候，儿子都会从柴草的底下扶上一把。儿子这一把的力气尽管很弱小，但的确能够减少父亲身体弯曲的痛苦。

父亲夸，好儿子！

儿子笑了笑，两颗俏皮的虎牙闪动在父亲的眼前。

有一天，儿子扶下父亲背上的最后一捆柴草。儿子请求，爸，带我去看一看你的母校好吗？

对于儿子的请求，父亲觉得既在意料之外，又在意料之中。父亲认真地吐一口烟雾，才对儿子说，真想去？

儿子努力地点了点头。嘴里坚定地说，想！

第二天，田地里的浓雾还没有淡下来的时候，父子俩就上路了。

父亲边走边对儿子说，我的母校在县城，离咱家可远了。得翻过两条河，再坐三个钟头的车才能到达啊。父亲说到最后一个啊字，诗人般抒发出一串长音。

儿子想说，爸，别说了，您已经说过无数遍了。然而，儿子没有说，儿子怕父亲不高兴，怕父亲改变主意，怕父亲不带自己去他美丽的母校。

风吹到脸上，夹杂雾气的潮湿，多少有点儿刺骨的味道。但儿子身上很快淌了汗，而且额上的汗珠儿已如小虫子似的爬来爬去。

父亲转过身来问，累吗？爸驮你一会儿。

儿子咬紧牙关说，不要！然后把胸脯挺得树一样直。

临近中午的时候，父子俩几经周折才到了县城。

县城真是个好地方，儿子从来没去过县城，儿子的好奇心被极大地调动。儿子从心眼里羡慕父亲，父亲是个了不起的人物，他的母校能在县城，他能在这县城里读书，父亲真是个了不起的人物。

走到一块开阔地，父亲异常兴奋，眼睛里放射出万丈光芒。父亲说，看，这块，就是母校的操场，那家伙。父亲的语气里，跳动着数以万计个惊喜的细胞。

儿子满眼惊奇，眼神随着操场的开阔地而延伸而翻腾而跳跃。

父亲用手一指，看，那个四层楼，就是我们的教室哩。我的班在三楼，最东头的那个门，看见了没有？

儿子当然看到了。儿子的眼睛里是一座巍然屹立的高楼。儿子心想，什么时候自己能到那教室里读一天的书？哪怕是一天也就心满意足了！

父亲嘴里还在说，信不信？那家伙！

从县城回来，儿子整夜做梦。儿子的梦，当然都与父亲的母校有关。

后来，儿子真到县城读书。父亲对儿子说，你读书的那个学校，就是我的母校，那家伙！

再后来，儿子考上了大学，儿子成了城里人。

儿子什么都搞清楚了。父亲没上过一天的学，父亲在城里根本就没有什么母校。父亲心里装的那几个字，还是从扫盲班拾来的。

那么父亲为什么称自己在城里有母校呢？为什么又把体委大厦和体委操场指鹿为马呢？儿子当然清楚，儿子清楚的眼睛里蓄满了泪花。

第三辑　喜怒哀乐

　　文学就是人学。小说中的人物塑造，是小说艺术表现形式的核心。那么，如何更好更加准确地塑造人物呢？无疑，人物的喜怒哀乐，各种表情和内心世界，是塑造人物最重要的部分。微型小说的人物塑造，也是如此。尺幅之内，把人物立起来，使之血肉丰满，个性鲜明，要求作品必须具有非凡的细节支撑，要求作者必须具有不同凡响的文字驾驭能力。

故乡的云

故乡飘出去一朵祥云，给故乡增添了无数的荣光。若干年后，故乡的云神秘地陨落了，带来无限的哀叹，世事难料。

真不敢相信，他父母竟敢给他起这样一个名字。要不然他们胆大妄为？或者愚昧无知？再或者抱有逆天的幻想？

黄地。姓黄名地。此黄地非彼皇帝也。

可是，毕竟这两个字跟那两个字，字不同音同。在口头上，谁能搞清呢？

黄地家住在村后头的小山冈上。每天升起的太阳首先照在他家的屋顶上，同样，每天的夕阳也持续停留他家的屋顶上，使两间屋顶成片的红瓦持续地光彩夺目。

村里人见到他父母，迎面笑，转身笑，回头笑，慢慢地，演变为村头巷尾的讪笑。

乡里来个乡长，数年一遇的大喜事，老少爷们欢呼雀跃，乡长笑逐颜开。有个毛蛋孩子，不知天高地厚，突然冒一句，我们村还住个"皇帝"哩。乡长愣住了，一脸的惊喜，一脸的惶恐，一脸的疑问。他回头问村主任，真有？村主任利索地回答，有是有，他是黄土的黄，土地的地。

乡长笑呵呵地走了，留下一溜飞扬的尘土。

那时，黄地才五岁，一头的黄毛，一嘴的黄牙，嘴唇上面经常挂着两股黄澄澄的鼻涕。

1985年，是黄地的春天，谁也没想到。

那一天黄昏，村头开过来一个车队，黑壳虫一般爬到村后的小山冈下。此时，夕阳西下，黄地家的屋顶上，正在光彩夺目。

黄地的曾祖父从台湾回来了。陪同他曾祖父一起来到黄地家的，有乡里的，县里的，还有省里的。各路领导和嘉宾突然云集，黄地家的两间小屋挤不下，他们只好沐浴在夕阳里。

黄地的曾祖父临走，只带走一撮门前的泥土，却给他家留下许多花花绿绿的东西。

黄地一家人举家搬到城里，置了地产。黄地上了全市最好的学校。

村里的人们似乎都很忙，忙完地里的，再忙家里的。忙完家里的，再忙地里的。难得讲到一回黄地，却很无奈地唉声叹气。唉！没想到啊，他们真成了皇帝，不！还有他的老子娘，成了太上皇和皇太后了啊。

黄地的父母每年都回村里一次两次，春节和清明。他们要祭祖，让黄土地下的先人们，也享受一下人间的繁华和富贵。

黄地开始来，慢慢少来，后来就不来了。老少爷们自然要问起他，他毕竟是这里走出去的"皇帝"。

他父母总是笑呵呵地告诉乡亲们，他啊，上大学了，出国了，开公司了，发大财了。总之吧，很忙，忙得找不着北。

期间，他父母还带回来两笔钱，一笔修了路，一笔建了学校。他父母说，这些钱都是黄地出的。

乡亲们嘴里哼哈哈，脸上笑眯眯，心里甜蜜蜜。大伙儿异口同声地说，这路就叫黄地路，学校就叫黄地学校。

多么大气的名字！多么响亮的叫法！黄地路，"皇帝"走的路；黄地学校，"皇帝"上的学校。嘿嘿，嘿嘿嘿。

村里人家添丁进口，再给孩子起名字，非但大气，而且大胆。叫袁帅的，叫沈长的，还有叫宗统的。仿佛叫了啥，他们就是啥。一时间，一个弹丸之地，突然锣鼓喧天，突然歌舞升平，突然惊天动地。

黄地的父母，几年没来祭祖了。老了？病了？还是不在了？怎么会不在了呢？

怎么会说不在就不在了呢？反正，他们有几年没回来了。几年？谁记得几年？有人说三年，有人说四年，有人说五年。还有人说，不止五年，五年多了吧。

他们就像从家乡飘出去的云，飘到了天涯，飘到了海角，飘到了该飘到的地方。

一个黄昏，夕阳陷进一块黑云里。村里来了一个陌生人，怀里抱一个灰盒子。他说，黄地回来了，看看把他葬在哪里吧，这是他唯一的遗愿。

怎么回事？他真的是黄地？乡亲们围着那个陌生人，围着那个灰盒子。

陌生人将灰盒子交给一个老者，说什么也别问，我什么也不说，麻烦把他葬了吧。

说罢，陌生人转身离去。

检举张三

张三跟李四是好朋友，李四却要公开检举张三。尽管李四的出发点和落脚点是比较好的，是为了让张三改邪归正，但是事与愿违，张三从阴影中走了回来，李四却走了进去。

李四兴高采烈地去见张三老婆。

张三老婆正窝在家里看电视。她一边看电视，一边用手抚摸着被张三踢疼的右腿。

李四说，嫂子，我检举了张三。

张三嗜赌。不是一般的嗜赌，而是嗜赌如命。

张三一开始是吃过午饭去牌场抓两把，消磨消磨无聊的时间。后来越抓越上瘾，下午来，上午也来，晚上也来。有时，整天整夜死在牌场上。

老婆劝他，不听，还强词夺理。不就打个牌吗？又没在外面养小的！比吸毒强多了吧！比强奸抢劫强多了吧！比杀人放火强多了吧！

老婆忍无可忍，恶狠狠地骂：张三，你这个赌鬼！

张三就打老婆。老婆是个弱女子，哪是张三的对手？每次，张三都像拎小鸡似的，弄得老婆哭爹喊娘的。

李四是张三的朋友，李四看不惯张三的做派。

李四劝张三，咱再好赌不能不要家吧？不能不要老婆孩子吧？不能就以赌为生吧？兄弟，看看周围，哪有靠赌发财的？

张三想想，也是。只有赌得倾家荡产的，还真没有赌发财的。

但张三改不了。俗话说，狼行千里吃肉，狗走千里吃屎。张三的手痒痒，就是改不掉好赌的恶性。

张三老婆哭过之后，有一次恶狠狠地对李四说，举报他，看他改不改？张三老婆之所以这样说，也是无可奈何，没有办法的办法。

所以，李四就到公安局举报了他。

张三老婆从沙发上站起来，瞪起眼睛问李四：真举报了？

李四点点头。李四说，让公安局教育教育他，也许能改。

张三老婆又问，张三，他现在在哪儿？

李四回答，在公安局啊。

张三老婆顾不得关门，打个的就去了公安局。

张三蹲在拘留所的一个小屋里。同号的人问张三，李四是你朋友？

张三说，是。

他们就如饿虎一样扑向张三，把张三打得鼻青脸肿。打过之后还说，交的什么狗屁朋友，哪有朋友举报朋友的？

张三老婆通过关系，终于见到了三天没吃饱的张三。老婆心疼张三，哭得跟泪人儿似的。

张三从拘留所里出来，真的不去赌场了。张三居然良心发现，觉得以前对不起老婆孩子，对不起父母兄弟，更对不起这个家。

李四打电话来，张三没接。

李四敲门。张三，我是李四啊。

张三只顾在屋里反复拖地，装作没听见。

李四再敲门：嫂子，我是李四，我要见见张三？

张三老婆也没开门。

有一次，张三和老婆在超市买东西，正好和李四撞个满怀。李四冲他两口子笑了笑。张三没表情，张三老婆也没表情。

李四就气不打一处来。不是你张三老婆叫我举报，我能去举报？不是我举报，他张三狗能改了吃屎？

大伙儿不这样认为。

有人就直截了当地对李四说，你都举报朋友，谁还不敢举报？

李四现在没有朋友，但李四怎么解释，朋友都纷纷疏远了他。领导更是另眼看李四，本来打算给李四提个副科长的，可这个念头没了，在脑袋里一下子消失得无影无踪。

李四老婆也和李四离了婚。李四老婆赖走了李四的所有东西，还一跺脚说：小人！

李四觉得人与人之间没意思，便破罐子破摔，见到违法违纪的事儿就举报。

后来，李四竟当上了科长。领导私下说，只有让他当官，才能叫他闭嘴。

李四身边又晃动朋友的身影。王五现在和李四形影不离。

据王五说，张三还想跟李四好。

李四嗤之以鼻。

看家狗

狗通人性。狗的喜怒哀乐，反映人际关系的亲疏远近。张、王、李三户人家，在同一个院子里呼吸，关系自然亲密无间。可是，由于钱的不翼而飞，使三家的关系出现了裂痕，狗的命运随之发生了变化。

城郊的一座四合院，住着张、王、李三户人家。

以前，四合院是一个富裕人家自建的。由于主人嗜赌，家境日渐衰落，才剪刀裁布似的一块块卖给张、王、李三家。

三家人虽然不同姓同宗，没有任何血缘关系，但是同在一个屋檐下呼吸，邻里之间相处得比较融洽，来来往往进进出出像一家人似的。

有一天，张家从外面牵回来一条狗。

张家对王家李家说，挺好的一条狗，留给我们看家护院吧。

这条狗体格健壮，一身锦缎似的黄毛油光发亮，凶狠的眼睛里不时透出讨好的目光。

王家和李家自然喜欢得不得了。

吃饭的时候，张家扔一块骨头，王家李家也跟着扔一块骨头。家里来了客人，他们甚至会非常大方地扔一块肉。日久天长，狗养得膘肥体壮，牛犊子似的。

张家、王家和李家，不论院子里谁家的人回来了，狗就摇头晃脑上蹿下跳，亲热得手舞足蹈。可是只要一见到陌生人，它就立即变换另一副嘴脸，龇牙咧嘴又叫又咬。

狗通人性，自然三家人都十分高兴。

上街买菜或闲溜逛街，只要有狗在家，他们尤其放心，门都懒得锁，该办啥事办啥事，想什么时候回来什么时候回来，丝毫不担心家里的安全问题。

有一天深夜，有个小偷翻墙入院。狗狂叫不止，并且勇敢地与小偷厮打。惊动了三家人，大家齐心协力，几乎没费多大劲，就将小偷扭送到公安机关。

张、王、李三家为示庆贺，周末集体到饭店里搓一顿。也为了犒劳犒劳忠于职守的看家狗，特意带上它，让它大饱口福开开洋荤。

由于这条狗的存在，让三家的关系更加和谐了。有时张家来不及做饭，大人孩子全到李家吃。李家若是来了客，也让张家王家作陪。大家都在家，你从我家拿个馍，我从你家盛碗饭，再正常不过的事了。总之，在日常生活上，他们跟一家人没什么区别。

有一天，李家主人发现刚从银行取的一万块钱不翼而飞。李家主人纳闷儿，没来陌生人，狗也没叫一声啊。况且自己取钱有急用，除了自家人，没有人知道这件事。李家主人就悄悄审问自家人，自家人一致表示既没跟外人说，也没有私自拿钱。

为了不破坏三家的和谐关系，李家哑巴吃黄连有苦说不出。过几天，偷偷安上防盗门。

张家和王家嘴上不说，心里却剩起一个不大不小的疙瘩。

丢钱少东西的事情，张家和王家也相继发生过。当然，为了不破坏三家的和谐关系，他们也是哑巴吃黄连有苦说不出。

张家和王家也相继偷偷安上了防盗门。

三家人似乎都很忙，来来往往进进出出有时几天碰不到一次面。

有一天，张家主人的弟弟来。大家从门缝里惊奇地发现，那条狗居然对他也摇头晃脑手舞足蹈。

狗是张家弄来的，现在只有张家自家喂。李家和王家剩余的骨头，被扔到垃圾桶里去了。

狗日渐瘦了下来，一副骨瘦如柴的样子。见人摇起的尾巴，也没过去勤快有力了。

再一天，胡同里吆喝着来一个收狗的，张家将狗捆了。

那狗眼泪汪汪的，张家人自然也眼泪汪汪的。尽管张家人有人反对，但是张家主人痛下决心，还是把狗给卖了。也许过不了一个时辰，那条狗的肉，就被不知什么人家有滋有味地吃到肚子里。

张家用卖狗的钱，请李家和王家到饭店里搓一顿。张家没提到狗，李家和王家也没提到狗。大家仍像久违的朋友，吃得快活，喝得快活，话说得快活。

李家说，明天我请客。

李家的话音刚落，王家也舌根发硬地发话了。后天，说死了后天，后天我安排。

三家人又像一家人一样来来往往进进出出。

刚过罢年，王家搬走了。王家在城东买了房子。

入秋，李家在城西买了房子。李家也搬走了。

王家和李家搬走后，张家觉得十分孤单，又弄回来一条狗看家护院。

只是这条狗一脸凶相，见谁咬谁。

借一步说话

刘长乐喜欢跟人说悄悄话，可能跟他的性格和处世风格有关。然而，刘长乐跟别人说的什么？在大伙儿那里成了谜。刘长乐跟新领导耳语了一番，得到了提拔。这个刘长乐，真是个谜。

单位是个清水衙门。因此，大伙儿十分清闲，有事没事喜欢聚在一块扎堆儿。

虽然收入不高，酒场不多，但是大伙儿在一块扎堆儿的时候，都觉得十分轻松十分开心十分愉快。天南地北、国际风云、明星绯闻、街谈巷议皆可成为大伙儿十分感兴趣的话题。

这样，大伙儿有意无意练就一副好口才。若是到了年终开茶话会，你一言我一语，一二三四五六说得收放自如头头是道思路清晰。本来计划一个小时的会议，必须再延长一个小时不可。

大伙儿正在扎堆儿，刘长乐轻轻敲门进来。刘长乐在学校时就专长礼仪，做什么事儿都有板有眼有礼有节。大伙儿谈兴正浓，似乎并没在意刘长乐的不期而至。刘长乐白皙的面庞上架一副浅色的近视镜，笑眯眯地走到人堆儿旁边，边津津有味地洗耳恭听，边不停地颔首示意，一副十分谦虚而内敛有度的样子。刘长乐轻轻喊一声老张，老张说长乐什么事，刘长乐用右手食指放在嘴角做一个小声或停止的动作，再轻轻地告诉老张，能不能借一步说话？

老张见他挺神秘，心想刘长乐肯定有较为私密的话儿跟自己说，便轻轻跟随刘长乐的影子挤出人堆儿。

大伙儿心想，这个刘长乐，有什么话儿不能当面说？但是大伙儿嘴上不说，从嘴里吐出来的仍然是刚才诸如股市房市菜市的话茬儿。

等老张再次回到人堆里，大伙儿忍不住要问，老张，刘长乐找你什么事？

老张哈哈一笑，没什么事，没什么大事。

大伙儿心想，一定有事儿，只不过刘长乐不愿意说老张也不愿意说罢了，心里便或多或少生出一丝不快。

就是在这种场合，刘长乐以同样的方式，分别将老张、小王、老李、小赵等一批人全部找了去，并借一步说话。

一开始，大伙儿不理解，认为刘长乐有点故弄玄虚。后来扎堆儿也谈到刘长乐，可是大伙儿却一致表示刘长乐是个不错的人，是个有素质的人，是个受人欢迎的人。

年底评先进，大伙儿都不约而同地投刘长乐一票，刘长乐的票高，所以年年当先进。

刚进单位那会儿，我只顾埋头工作埋头做事埋头看书，看不惯大伙儿的碌碌无为浑浑噩噩，不喜欢他们有事没事扎堆儿。评先进的时候，发现大伙儿故意疏远我，往往就得一两票。有时仅有一票，不用多说是我自己投的。我不得不和大伙儿通过扎堆儿搞好关系，没用多长时间，我口拙的毛病大有改观，与大伙儿的关系也和谐多了。

有一回，我正扎在大伙儿堆里，刘长乐双手卷起喇叭筒附在我耳朵上说，能不能借一步说话？我还是第一次被刘长乐借一步说话，心里咚咚敲鼓的同时，免不了涌起无比的感动。

跟随刘长乐来到楼梯口，刘长乐四下瞅瞅见没有他人，才轻轻告诉我，你下窗口开了。我一低头，果然见裤子的拉链忘了拉上，脸瞬间红得像涂了漆似的。

由此我十分感激刘长乐，觉得刘长乐没当众让我出丑对我不错。再投票时，我不假思索地投了刘长乐的票。

大伙儿私下一致认为，刘长乐同志的群众基础很好，在科长的岗位上已打拼多年，而且年年当先进，应该进班子。

这时候，单位换了新领导，老领导到别的单位当新领导去了。

有一天，刘长乐找新领导汇报思想，正好碰到经常在一块扎堆儿的小周。当着新领导的面，刘长乐把小周召出去借一步说话。

新领导心里十分不悦，觉得刘长乐可能是个搬弄是非的不安定因素。

新领导正愁着三把火不知从哪儿烧起，见到刘长乐之后，就暗下决心先烧一烧他吧。

大伙儿又在一块扎堆儿，就说刘长乐的科长可能干不成了，新领导已经在班子成员中开始个别酝酿了。刘长乐啊刘长乐，一朝君子一朝臣，这朝不用那朝的人，真是可惜了。

新领导正在开会，刘长乐轻轻来到新领导身边，悄悄地说，领导，借一步说话。

新领导没有灰刘长乐的面子，跟着刘长乐出去了一趟。

回到会场时，大伙儿看见新领导脸色红红的，像涂了漆一样，精神也萎靡了一半。

转眼两年过去了，刘长乐还当他的科长，评先进时仍然得高票。当然了，刘长乐同志仍然喜欢跟大伙儿借一步说话。

放　纵

　　老安的压力大，只是想放纵一下。没想到，老安的放纵没有得到人们的认可，却把他当作精神病人关了起来。好好的老安惹了谁了？

　　您的压力太大了，先生！

　　老安叹息了一声。心说，是啊，压力的确是太大了。工作、生活、父母、子女、亲朋都像一块块巨石，压得他喘不过气来。

　　老安昂起疲倦的脑袋，向医生投去一束求救的目光。

　　医生用自己肥胖的大手，捋了捋头上几根飘荡的头发，郑重地送给老安两个字：放纵！

　　放纵？老安忧郁的眼里更加忧郁了。怎么放纵？

　　医生说，放纵嘛，就是做你想做的事儿，不是做你不想做的事儿。

　　老安伸出右手，在医生的眼前摆了摆。说，别深奥，直说吧。

　　医生笑了笑，额上挤出几丝皱纹。比如，唱歌，跳舞，打球，拳击；再比如，打老婆，找小姐等等。反正还是一句话，做你想做的事儿。

　　老安那晚失眠了。医生说的第一个比如，自己一样不会。医生说的第二个比如呢，自己又一样不敢。老安苦思冥想之后，只有少年的趣事，才是自己最想做的事儿。老安忽然悲哀起来，自己的青春算是白活了，竟然连一件自己喜欢做的事儿都找不到了。

　　寻着少年趣事的足迹，老安那晚上了单位宿舍楼的顶层。然后对着茫茫的星空，嗷嗷嗷地长啸了几声。老安如同把卡在咽喉的鱼刺儿吐了出来，心情异常地

舒畅。那一会儿，老安打心眼里万分感激那位不会望闻问切的心理医生。

第二天早上，门岗老头前院后院地瞅。嘴里还嘟囔着说，驴呢？昨夜明明有驴叫的嘛！

老安从门岗老头跟前过，乐得差点儿没弄出声儿来。

但老安的诡秘还是被发现了。这事儿反映到了主任那儿。

主任把老安叫到办公室，眼睛里放出的尽是刀子。老安，你怎么了？压力大吗？

老安连连点头，像一只会啄食的玩具鸡。老安心想，到底是主任，高瞻远瞩一点儿，他一准能认定我老安的压力大，太英明了。

老安只顾揣摩主任的英明，主任说了一大堆的话儿，老安就记住最后几个字：下不为例！

老安的压力实在太大了，而且老安只有像驴一样地嗷嗷嗷地叫几声，心里才会觉得十分顺畅。

老婆先用手背在老安头上趟了趟，才说，老安啊，是不是病了，咱上医院看看去吧，啊？

老安不屑一顾，伸手把老婆的手拨到一边，说，球！病，谁病？放心吧，我老安心情愉快着哩！

老安越这么说，老安老婆的心越是放不下。见老安能吃能喝，起居如常，心里多少好受了些。

老婆终归是老婆，能容忍老安的所有不是。而邻居们不干了，纷纷指责：你老安神经了嘛，还让人安生不安生？你学什么不好，干吗非要学驴叫呢？看看现在哪里还有驴？

老安不管这么多，老安就喜欢学驴叫。驴的声音，高亢，嘹亮，不加一点儿虚伪，有什么不好呢？我老安当年在村头叫一声，能使整个村子的驴都跟着嗷嗷叫。

有一天，120车驴叫似的把老安送进了医院。被关到栅栏里边的老安暴跳如雷，放我出去，我没病。看我身强力壮的，哪来的病？！

医生亲切地抚摸着老安的头。说，乖，别闹啊，马上妈妈就来了。

老安老婆再次冲进精神病医院的禁区，大声疾呼，老安没病，老安什么病也没有。老安你再叫一声，让他们看看你有什么病？

　　老安嗷嗷嗷地连叫了几声。老婆说，看看，他老安有什么病？

　　院长过来，示意医生们把老安老婆带走。几名医生不由分说，硬是把老安老婆往医院外面拖。

　　老安在病房里叫得更加悲壮了。

打　赌

这个赌打得有学问有水平有档次，老安略施小计，就将我财色双色。我嘛，得到老安的妹子，是亏大了，还是赚大了？

我和老安是朋友，但更是生意上的竞争对手。

有一次，老安醉眼蒙眬地对我说，兄弟，咱们打个赌？

我不知道老安又玩什么花花肠子。为了跟老安打赌，我已经失去了一个千万元的订户。

老安见我犹豫，眼睛眯成一条线，穷追猛打地说，不敢吗？

对于老安的挑衅，血气方刚的我自然不服气。我心想，尽管我输上千次万次，我也不会服你老安的气。俗话说，人争一口气，佛争一炉香嘛。

我袖子一捋说，安哥，怎么赌？你说吧！

老安深吸了一口烟，一团烟云笼罩着他非常狡诈的脸。老安用夹着烟头的食指点着我说，假如你赢了，从你手里拿回来的千万元订单，还如数奉还给你。

我眼睛一亮，如一只饿狼发现食物。我说，真的？

老安肯定地点了点头，嘴里说，千真万确！

我说，赌什么？

赌一个人。老安说这四个字的时候，语气坚定表情严肃。

赌人？我只知道赌钱，赌气，赌博，还真没有听说过赌一个人的。人，是可以赌的吗？话又说回来，人能让人赌吗？我鼻孔里哼了一声，算是对老安的赌法表示怀疑。老安却十分镇定，始终以犀利的目光盯着我。仿佛在说，小子哎，有这个勇气吗？

冲着老安对我不屑一顾的态度，我下定决心，不吃馒头也要争一口气。我问，谁？

安红，老安说。

安红？怎么是安红？是你老安的亲妹妹安红？你小子是不是脑子有病？拿自己的亲妹妹作赌注？

老安又补充一句，假如你把我妹妹安红追到手，千万元的订单就物归原主。老安的这句话儿，彻底打消了我思想里的疑问，也使我彻底感到世态炎凉。

为了千万元的订单，我豁出去了。

我打电话给安红。红儿，晚上我请客，有时间吗？其实，如果不是那张千万元的赌注，我才不会给这位疯丫头打电话呢。甚至可以说，安红打电话请我吃饭，我也会毫不犹豫地拒绝她。

安红对我的盛情邀请，只说了一个字，去！然后不由分说地挂上电话。

我心说，臭丫头！不是为了偌大的赌注，我才不给你电话，我才不请你吃饭呢。但事已至此，我不得不厚颜无耻地追着安红。

我给安红买玫瑰。

我给安红买戒指。

我给安红买……这样说吧，只要是安红喜欢的，我都会一掷千金博红颜一笑。

一切无用功做过之后，最后，我使出最后一招，给安红下跪。而且还眼泪汪汪地说，如果你不答应我，我就跪成一尊活化石。

终于，我看到安红眼眶里湿湿的，并且慢慢投进了我的怀抱。我得意极了，心说，嗨嗨！你安红再能还能能过我！嗨嗨！你老安再能，还能能过我！

我在前面走，拖着蛇一样缠着我胳膊的安红去见老安，眼睛里露出无坚不摧的笑。

老安如一头疯狂的野兽，哈哈哈地咆哮着，如同天上滚下的炸雷。

我不禁毛骨悚然。心说，坏了，又中老安的圈套了。上次，老安从我手里夺去那张千万元的订单时，也是这般放荡不羁的样子。

果然，安红不容置疑地嫁给我。我也不容置疑地变成老安的妹夫。

我猛然想起一位民间的哲学家说过的一句至理名言，生姜还是老的辣啊！

安红是个不好应付的主儿，我的一切不得不全部交给安红。

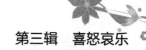

烦恼之极时，我说，安红，我想再跟老安打个赌，而且这次我绝对不会输给他。

安红兰花指往我额头一点，也不知道是嘴里还是鼻孔里，连哼了两声。两只脚把楼板跺得一抖一颤的，然后扭着屁股去做饭洗衣去了。

安红的意思是说，别做梦，休想！

交 待

　　一次不该相遇的相遇，却相遇了。本来没有什么，不还有嘴可以解释吗？可是，有口难辩的境地十分尴尬，导致结果的不可预见性。

　　老安做梦都没想到，能在海南碰到李林。

　　按说，在海南碰到李林也没啥。可是，头跟李林碰得咣当一下的时候，陈倩倩就在自己的身边。

　　李林是住在自家对门的邻居，一个肚子里装半句话不说能憋出病来的家伙。而陈倩倩呢，是老安单位的美眉。年轻靓丽的陈倩倩，让李林嘴里能塞下两个鸡蛋。

　　老安惊魂未定似的邀请李林。李老弟，这么巧碰到一块，咱哥们到对面酒店喝一杯去？

　　李林借机又瞟一眼陈倩倩，手摇摆得像风中的梧桐叶子。不了，安哥，不太方便吧。况且我还有事儿哩，回去再聚，啊！说完，李林像小偷似的溜走了。茫茫人海，很快就淹没李林这颗小水珠儿。

　　老安的怀里，像揣一只活蹦乱跳的兔子。老安心里说，坏了，李林回家肯定会把碰到自己和陈倩倩的事儿，毫不保留地传递给自己的老婆。临来时，老安没打算把陈倩倩跟自己一块出差的事儿告诉老婆的。一来认为没有必要，搞不好还会引起不必要的误会；二来呢，世界那么大，两个从县城来的人，怎么会在海南碰到熟人，简直是天方夜谭嘛。现在倒好了，无巧不成书，竟然碰到李林。老安掏出手机想给李林打个电话，但这个念头马上就被自己否决了。如果给李林解释，不是此地无银三百两吗？唉，干脆回去再给老婆说，争取主动，反正自己跟陈倩倩只是一般的同事关系而已。

从海南回来，老安除了给老婆塞满一怀的好东西，就是向老婆陈述陈倩倩和李林的事儿。

老婆的眼神怪怪的。说，走的时候怎么没听你讲？老婆对李林不关心，她关心的是陈倩倩。

老安带回来的东西，老婆认真做了检查。包括老安的衣领、袖口，还有老安身上散发出来的汗臭味。

老婆倚在床头，不关灯，也不睡觉，只盯着天花板发呆。老安困得像头猪，搁下头就想打呼噜。老婆突然一把揪住老安的耳朵，说，老安，还有什么没交代的？老安疼得龇牙咧嘴，交代什么？老婆不愿意了，折腾得两人一夜没合眼。

第二天下班，老安进门就把客厅的茶几掀翻了。嘴里不干不净地说，好啊，你个母老虎，你找人家陈倩倩干什么？神经病是不是？

老婆更加不依不饶。老安，怎么了？没做亏心事，还怕鬼敲门？老婆和老安的战争，很快把李林招来了。李林一副息事宁人的样子，嫂子，没什么的，我在海南还碰到安哥呢，就他一个人。

李林这么一劝，如同在老安和老婆的头上，再浇一桶油。

老安和老婆去了法院。

从此，老安看李林的眼光总是恶狠狠的，像一只快要疯的狼狗。李林呢，总觉得欠老安的。不是自己多言多语，甚至说不是自己的眼睛长得不是地方，老安也不会走到这一步的。所以，李林总像躲瘟疫似的躲着老安。

后来，陈倩倩住到老安家，老安和陈倩倩真的成了一对同林鸟。

李林有次喝多了，对几个邻居说，装什么装？本来他就跟陈倩倩有一腿嘛。

邻居们惊奇，本来就有？

李林双眼瞪得像两个乒乓球，脸红脖子粗地说，那还有假，我亲眼所见。

邻居们嘴里啧啧有声，眉宇间流露出遗珠之憾，仿佛李林这小子交代晚了似的。

跑 题

儿子的作文跑了题，自己的行为跑了题，在双双的跑题中，儿子输的是分数，自己输的却是人生。轻重大小之间，见了分晓。

我怀揣一个厚厚的红包，正要出门办件重要的事儿。

儿子喊住我，爸，你看我这篇作文写得对吗？儿子是个好学的孩子，但是儿子的作文水平一直很差。要是在平时，我会发挥自己特长，口若悬河地给儿子上一课。今天不行，因为我有件重要的事情要办，而且还是通过老安和别人约好的。

我伸开大手在儿子的头上爱抚一下，用商量的口气对儿子说，爸爸有事，等爸爸办完事儿回来行吗？儿子的嘴慢慢翘成一根木橛子，可以挂一个油瓶。我知道儿子的学习兴趣受到伤害，这对儿子提高写作水平是十分不利的。

我弯下腰来，拽去儿子垂在腰间的本子。儿子作文的题目是《我的爸爸》。儿子在开篇这样写道，我的叔叔的哥哥是我的爸爸，我的叔叔是一个十分聪明的人……显然，儿子的作文跑题了。这在写作文中，可是第一大忌。

我对儿子说，你写跑题了，重写，等我回来再给你检查一下。正好我的手机急不可耐地响起来，我一看是老安的。老安可能等急了，找别人办事是不能让人家等的。因此，与儿子说完那句话儿，也没有来得及顾及儿子的反应，便匆匆忙忙出了门。

老安在街口焦急地踱着步，老安的影子在路灯下，左右来回地在水泥地面上不安地爬行。

我气喘吁吁地跑到老安跟前，老安毫不客气地责怪我说，我说，你是怎么搞的。找人家刘市长办事，是见缝插针的事，难道还让人家等我们？

我忙对老安赔不是，安哥，别生气了。等我们这事儿办好，我好好地在蒙城最好的饭店锦泰楼请你一场，啊。

老安和刘市长是多年的老朋友。我这次升迁的事，像赌博一样，把赌注全部都押在刘市长身上。如果老安帮我办成这件事儿，别说熊我两句，也别说让我好好请他一场，就是让我比他矮一辈我也不会说一个不字的。

老安和刘市长的关系果然不同寻常。两个人唠来唠去，谈笑风生，根本就把缩到沙发角落里的我忘到了九霄云外。但这不重要，重要的是我厚厚的红包送掉了。以上三次，我的红包还没掏出来，就被刘市长拒之门外，搞得我灰头土脸的，很没有面子，也可以说很没有尊严和人格。这次能把红包送掉，还多亏了老安。只要刘市长收下我的红包，我的事儿就八九不离十。所以，我的心里如同灌一桶蜜，让我甜得够呛。

但是老安和刘市长除了说一些两个人之间的旧事，就是说一些给老安升迁的事，却没有让我的事儿沾上一点边儿。我心里猛然一凉，乖乖，朋友老安会不会也跑题。事实的结果表明，老安的确是跑题了，他没在刘市长面前那么提我一个字。如果刘市长仅认为我是一个给老安跑腿的，我不就完了吗？还有，我的红包不也就完了吗？那个红包，可是我东挪西借弄来的，搞不好还会让我戳个大窟窿。想到这些，我额头上的汗珠下来了。我拽老安的褂襟子，老安连看我一眼都没有。我想对刘市长说，那个红包可是我的，是我的血汗钱，不！可是我未来一生的血汗钱啊！但我没能把话儿说出口，我怕我一说，我的未来不仅没了，我的现在也可能没了。刘市长会这样认为，这样的干部就这素质，还提拔呢？免了吧。

从刘市长家出来，我理都没理老安，便一头回到自己的家。老安打来电话说，怎么不言语一声，说走就走了？我毫不犹豫地把电话挂了。

儿子拿来一篇写好的作文交给我检查。儿子的作文仍然重写叔叔，轻写爸爸，跑题的毛病仍然没有改正过来。我气得嘴歪眼斜，毫不客气地朝儿子的脸上抽上一巴掌。

儿子哭哭啼啼地走了，我也毫不客气地朝自己的两边脸上分别抽上一巴掌。

耳 语

陈局长是个高明且狡猾的领导，他与下属们的频频耳语，让下属之间生出无端的猜测。在相互不信任之间，他将权力玩弄于股掌之中。人心不古，谁能钻到谁的心里？

陈局长刚到我们单位当头儿。

单位几乎所有的人，都挖空心思讨好陈局长，包括我。也难怪，这年头不和领导保持高度一致能出人头地？退一步说，即使吃不到好果子，谁也不愿找不咸的盐吃。

为此，我请了三场客。我把我认为有点儿头脑的同学请了个遍。俗话说，三个臭皮匠，顶个诸葛亮。还别说，同学们的集体智慧闪耀着灿烂的光芒。待我神志清醒之后，我反复整理自己的思路，打算像模像样地跟陈局长做一次深刻全面的汇报。要在平时，凭我多年的工作经验，随便捣鼓几段就能糊弄一个人。而这个时候，是关键时刻，必须有备无患。

晚上，我胳肢窝里夹两条中华烟，怀揣着今后的工作计划，也可以说是决心书，笑容可掬地踏进陈局长家的大门。

还巧，陈局长在。可令我吃惊的，老安也在。老安是我的副手，没想到让他捷足先登了。老安笑眯眯地说，是科长啊。老安说话的时候，两条笑眯眯的眼光盯着我带来的中华烟。我好像做错了什么事，被人忽然曝光似的，脸红得像被破鞋底左右开弓毫不留情地扇了似的。

陈局长没说话儿，刚才跟老安的笑色逐渐从面部退去。好像一阵风，吹上一片沙尘，蒙住他一脸春色。陈局长示意我坐下，然后把老安的脑袋招过去。老安

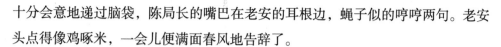

十分会意地递过脑袋，陈局长的嘴巴在老安的耳根边，蝇子似的哼哼两句。老安头点得像鸡啄米，一会儿便满面春风地告辞了。

我身上像爬上无数只蚂蚁，一万个不自在。我心说，有什么重要的事儿，能这样说？仿佛防贼似的。防贼能防谁呢？不是秃子头上的虱子，明摆着是防我吗？所以，尽管我准备得十分充分，可是我的汇报却驴唇不对马嘴。陈局长那晚一直没对我说话儿，有时点点头，有时摆摆手。摆手的频率要比点头的频率多得多，好像我在对一个哑巴说话似的。

从陈局长家出来，我躺在自家宽大的席梦思床上，翻来覆去睡不着。陈局长到底跟老安说些什么呢？

我原以为老安会主动跟我说的，因为我待老安不薄。当初如果不是我极力推荐，老安根本当不上副科长。还有，老安的儿子上一中的时候，不是凭着我跟马校长的交情，几乎连门儿也没有。还有，老安小孩姨找第二个对象，不是我从中极力撮合，绝没有他们现在幸福的家庭。然而，我错了。老安只顾和我打哈哈，关于陈局长跟他说的什么，他连一个响屁都没放。

真是知人知面不知心啊！没想到老安跟老子玩这一手。我心里那个气啊，气得想立即骂他老安个狗血喷头。但是不能，机关单位怎么能像小街闹市呢？如果我真的逮着老安不分青红皂白臭骂一顿，是我的理儿也不是我的理儿了。

冷静之后，我吓出一身凉汗。难道老安是冲着我的位置来的？或者说，老安想将我一脚踢开取而代之？真是那样的话，我多年的努力岂不付之东流？更主要的是，我的脸还往哪儿搁？我还怎么在蒙城这个蛋大的地点混？

我一改过去的臭毛病，只干工作不空谈，干了工作也不邀功。科里的工作被我干得顺风顺水的，生怕稍一大意，位置就被老安抢去似的。

有一天，我到陈局长办公室，正好老安也在。陈局长用手奋力往里摆，示意我靠近再靠近。待我的脑袋正要碰到他的脑袋，陈局长的嘴已附到我的耳边说，晚上，景泰楼大酒店，306。陈局长的讲话似乎是蚊子哼哼两声，嗓子好像是哑了，哈不出声。

我头点得像鸡啄米。

我昂首挺胸从老安跟前走过，老安的眼神怪怪的，仿佛两颗钉子，钉在我脸上似的。

晚上有一个会

张三跟李四的友谊，主要是"酒谊"。当李四邀请张三再进行"酒谊"时，张三说他晚上有个会。市民张三能有什么会？原来是这么一个"重要"的会。

夕阳西下，铺天盖地的余晖把张三的脸涂抹得流光溢彩。张三迈着轻盈的脚步，走在夕阳的余晖里。张三提醒自己，今晚上哪儿都不能去，自己还有一个会呢。张三边反复地想，边迈着轻盈的脚步。一会儿，暮色四合，街灯开始睁开蒙眬的眼睛。

张三的手机响了，是李四的。李四在电话那头说，张三，快点过来，鸿业国际大酒店。

张三笑了笑才回说，我过不去了，今晚还有一个会呢。

李四和张三一个单位，而且都是平起平坐的人儿。今晚他有个会，我怎么不知道？李四想。李四虽然心里这么想，但没表达在嘴上。李四问，会？重要吗？李四在嘴上表达的意思是，什么会比我们之间的友谊还重要。

张三又笑了笑，重要也不算太重要，可是我必须要参加。张三对李四的问题似乎不想回答，而又很委婉地拒绝了他。

李四觉得没意思，寒暄两句，便挂上电话。

张三还是笑眯眯的，脚步迈得很轻盈。

王五的电话来了。一般日子里，张三不是跟李四在一块儿，就是跟王五在一块。要不然，就是他们都在一块扎堆儿。

王五说，我在足生堂，张三，过来泡泡脚。

张三笑了笑才回说，我过不去了，今晚还有一个会呢。

王五和张三也是一个单位，级别虽然比张三和李四低一点儿，但他在一个重要的岗位。今晚他张三有会，我怎么不知道？王五想。

王五又说，泡个脚再去开会，轻轻松松开会怎么样？王五心里还在想，这会重要吗？难道比泡脚还重要？平时开会就是带个耳朵听会，开不开都没有什么意思。甚至说，一句话儿解决的小事儿，非得弄个一二三四来。

张三又笑了笑，对王五先说一句对不起，后说这会我还必须得参加，我就不去了，你自己好好享受啊。说完，张三就愉快地把电话挂了。

李四那晚的酒喝得不得劲，李四满脑子转的都是张三的会。所以，喝过酒之后，李四没像往常一样在茶楼里坐一坐，而是早早回家，洗脚上床睡觉。李四老婆在看电视，电视里的男男女女要么婆婆妈妈，要么哭哭啼啼，要么搂搂抱抱，要么分分合合。电视插播一段漫长的广告，李四老婆才觉得李四有点儿不对劲。老婆摸了摸李四光秃秃的脑袋，李四在被窝里嘟囔了一句，没事儿，便把屁股和后背扭给了老婆。

王五回家也很早，王五睡不着，便加入老婆看电视剧的行列。可是王五的心思根本没在电视剧上，王五在想张三的会开得怎么样了。老婆问，那个男的什么意思啊？一会儿跟这个女的好，一会儿又跟那个女的好。老婆这么一问，王五溜出去的神儿才转回来。王五问，哪个男的？老婆白了他一眼，心里说，男人没一个好东西！

第二天早晨，张三没去上班。

李四手捧茶杯，慢条斯理地踱进张三的办公室，仿佛不经意地问，张三呢？张三办公室的同事告诉他，张三昨晚有个会，会开得很晚，在家休息呢。

李四嘴里噢噢噢的，冲张三办公室所有的人点点头。大伙儿都在电脑跟前忙乎，觉得自己是个闲人，没意思。一转身，找王五去了。

王五正在打电话。王五用的是免提，王五的电话里传来您所拨打的电话已关机的声音。王五也在找张三，可是张三的手机一直都没开。李四进了屋，王五才把电话挂掉。

王五问李四，张三昨晚开的是什么会儿？

李四一脸茫然的样子说，不知道，我就是来问你呢，你也不知道？

王五摇了摇头，一脸茫然的样子。

张三来上班的时候，碰见李四和王五，他俩都哼哼哈哈的，没有人问张三开的是什么会？张三想跟他们说明，又觉得没那个必要，所以也没说，也和他们哼哼哈哈的。

其实，张三昨晚开的是个网络会。在虚拟的世界里，张三的众多网友边喝茶边开会，会开得很轻松，也很愉快。

此后，李四很少打张三的电话。

此后，王五也很少打张三的电话。

张三在网上迅速蹿红，那次会后不久，张三就由分版版主升为版主，又由版主升为高级版主。

借 钱

女人向男人借钱，是迫于生活的无奈。而男人的原则，向来不借给别人钱。男人跟女人有段美好的过去，男人采取另外的方式，帮助了女人。女人要用另外的方式还钱，令男人汗颜。

女人急需钱。女人走投无路，才想起男人。

男人很有钱。有多少钱，男人似乎也不清楚。

但男人有个坏毛病，就是从不借给别人钱。在男人看来，坏毛病是原则，他从心眼里看不起伸手向他借钱的人。尽管为此男人得罪了不少人，但男人仍坚持自己的原则。

女人找到男人，男人正在忙。男人宽大的办公室里人来人往，找男人办事的人出一屋进一屋。男人在忙，并没留意女人。女人只有等。为了借到钱，就是让女人再怎么等，女人都会等的。因为，为了钱，女人的确走投无路。

男人终于闲下来的时候，才发现眼前的女人。男人的心一动，问，你怎么来了？

女人低下头，说，借给我五万块钱？

借钱？男人脸上飘过一丝鄙夷。而对于女人，男人还是耐着性子问，借钱干什么？

女人说，儿子重病，急需用钱。女人眼睛红红的，仿佛两颗熟透的桃子。

男人背过身去，只把一个高大的后背和后背上一双反剪的双手对着女人。男人说，你不知道我的毛病吗？

知道。女人说，可是我走投无路。

男人没借给女人钱，女人是抹着眼泪离开男人办公室的。

男人想起过去的一幕。在十五年前的校园里，男人是男孩，女人是女孩。男孩疯狂地暗恋着女孩，女孩在男孩的眼里是天使的化身。为了女孩，男孩吃不香睡不着，男孩的成绩急剧下降。终于有一天，男孩鼓足勇气，给女孩写一张字条。字条上这样写道：晚自习后，操场第三个篮球架下见！

皎洁的月光沐浴着那晚的操场，也沐浴着左顾右盼的男孩。女孩始终没来，男孩对女孩的爱情梦犹如风中的肥皂泡迅速破灭。

过去的一幕，是男人永远的痛。女人的出现，又让男人认真地疼痛一次。

男人有些后悔。男人觉得这样对待女人，有点儿无情，甚至残酷。毕竟，女人是自己曾经朝思暮想的女人。

男人在老板桌前坐下来，打了个电话。男人在电话里，严肃地说了一段话儿。之后，男人头靠在老板椅上。男人很累，需要休息。

女人住在城市的一个胡同里。胡同里的房子是老房子，老房子里住的大部分是穷人。女人住在胡同的最里面，平时女人家很少来人。

有一天，女人家里突然十分热闹，女人家来了一群报社和电视台的记者。记者蜜蜂似的围着女人问这问那。

记者问：家里还有什么人？

女人答：儿子。

记者问：儿子学习好吗？

女人答：好！每次考试不是第一就是第二。

记者问：儿子呢？

女人指了指床上答：在那儿。

记者问：儿子怎么了？

女人答：病了。

记者问：什么病？

女人答：白血病。

记者接二连三地又问了一些问题。女人没答，女人已泣不成声，无力回答了。

这件事儿，很快在报纸和电视上大量做了报道。

女人很快得到十万块钱的捐助。捐助的人没留下姓名，也没有任何要求女人做的。这之后，电视和报纸似乎集体哑了嗓子，也没有一条后续报道的消息。

女人已经意识到这一切都是男人的操纵，女人很感激男人。女人想，等治好儿子的病，再好好报答男人。

钱像流水一样，从女人手里迅速流走。一同流走的，还有儿子。儿子是不治之症，再多的钱，也无力挽回儿子的生命。

半年之后，男人接到女人的电话。

女人说，来吧，我还你钱。

男人说，还钱，你借过我的钱吗？

女人说，是的，我借过你十万块钱。

男人说，你搞错了，你难道不知道我的坏毛病？我从不借给别人钱的。

女人说，我是别人吗？

男人那头没说话儿，沉默。

女人说，来吧。

男人才说，你在哪儿？

女人说，鸿业国际大酒店，888 总统套房。

男人挂上电话。

男人没去。

男人的心口疼痛得十分厉害，豆大的液体从男人脸上滚落下来。

走正道

闫广才不仅自己走正道，还时常告诫同事们走正道。闫广才的正道标准，与现代社会的标准，发生了革命性的冲突。自己改变不了社会，就改变自己吧。

闫广才是我们单位的一位同事。

闫广才常对我们这些同事说，做人呐，都要走正道。

在单位，我们大伙儿心里都清楚，闫广才之所以这样说，不仅仅是为了夸耀自己，还有另外一层意思，那就是敲山震虎。

闫广才不吸烟，不喝酒，不赌也不嫖。从他身上似乎找不到一丁点儿劣迹。而我们呢，哪个身上不是劣迹斑斑？

不过呢，闫广才一走，我们都冲他的背影撇嘴。心里说，闫广才啊闫广才，如果都像你那样，人来到世上还有什么意思呢？

单位每年都搞一次例行体检。虽然不起什么大的作用，但是总能体现组织的温暖吧。不用掏自己的腰包，大伙儿都兴高采烈地去了。

一查，没有什么，又都兴高采烈地走了。

而闫广才没能兴高采烈地走，闫广才查出一身的病。什么脂肪肝啊，胆囊炎啊，高血压啊等等。仿佛这些常见病，一下子都跑到闫广才自己身上去了似的。闫广才被医生叫到了办公室。

医生仔细地审阅了闫广才的体检报告，最后在建议那一栏郑重地写上这么一段话：少吸烟，少喝酒，节欲，息怒，注意锻炼。

闫广才气得脸红脖子粗的，出了门就把体检报告扔了。同时扔出去的，还有闫广才的一句石头一样坚硬的话儿，去你个球！哄小孩玩去吧！

闫广才根本不相信医生的诊断，因为自己有充足的理由：不吸烟，不喝酒，不赌也不嫖。这些本来就是自己忌讳的，甚至是自己厌恶的东西，怎么能让人硬安在自己头上呢？闫广才不但不相信医生的鬼话，而且仿佛被一下子辱没了人格似的。撂谁谁不气？

再一年的体检，闫广才没去。从此以后的体检，闫广才都没去。

我们照去。俗话说，身体是革命的本钱嘛。没有一个好身体，怎么能干好工作呢？

有一天，闫广才肚子疼，疼得很厉害。脸上的汗珠儿如熟透的黄豆似的，一粒一粒往下落。我们赶紧打了120，迅速把他送到医院急诊室。

不查不知道，一查吓一跳。闫广才患的是一种十分可怕的病：肝癌。

医生先把我们劝走，然后把闫广才的儿子叫到一边。医生说，别浪费钱了，给他弄点好吃的好喝的，尽孝心听天命吧。

有一点需要交代，闫广才不知道自己患的是癌症。医生只对他说，小病，回家调剂调剂生活慢慢就好了。闫广才的儿子是个孝子，对此守口如瓶。当然，守口如瓶只对他父亲，对我们单位的同事，瞒是瞒不住的，我们跟这家医院还有这些医生有千丝万缕的关系。

我们商议，决定周末去看一看闫广才。和尚不亲帽子亲嘛，毕竟大伙儿同事一场。我们临时订了一条纪律，就是只准高兴，不准伤心。

我们本来打算同闫广才叙叙话儿就走的，可闫广才死活都不干，闫广才还诅咒说，大伙儿要走，我死你们都不要睁眼看我好了。

那天中午，闫广才吩咐儿子，弄了一桌子的好酒好菜。

闫广才端起一个满杯，嘴里说，谢谢啊，我先敬大伙儿一杯，说完，咕嘟一声喝到肚子里去了。

大伙儿劝他，别，老闫，你少喝点儿。闫广才不仅不少喝，还劝大伙儿吸烟，自己也吸，谁也劝不住。

喝到高兴的时候，闫广才说，为了给大伙儿助兴，我讲个笑话吧。

大伙儿见闫广才如此高兴，心中的顾虑便烟消云散了。嘴里附和说，好啊，老闫，你说吧。

闫广才先吸了一口烟才说，有一个人，去医院看病。医生问，你吸烟吗？病人答，不吸。医生又问，你喝酒吗？病人答，不喝。医生再问，你赌博吗？病人答，不赌。医生最后问，你嫖娼吗？病人答，不嫖。医生长叹了一声说，你什么都不干，死去吧。

闫广才讲的这个笑话，是一个老掉牙的笑话。我们没笑。而闫广才却笑了，笑得眼泪都淌了出来。我们说，老闫啊，这是个老笑话，值得你前仰后合地笑？

在闫广才家，我们过得似乎都很快乐。只是从闫广才家出来，我们的眼泪都不约而同地流下来了。

闫广才走后，我们依旧上班下班。但没事儿的时候，各回各的家，都不爱在一块扎堆儿了。

消防现场会

一场声势浩大的消防现场会，在火灾之后进行了。各单位、诸领导悉数参加，工作安排可谓规格之高规模之大。可是，再燃烧起来的大火，无疑是对大会最好的讽刺。

台下，人山人海，如乌云飘动。台上，空气中弥漫着刺鼻的焦煳味儿。

同志们！针对 S 县金日大卖场发生火灾事故问题，经县六大班子领导反复研究，县安委会精心准备，预防消防事故现场会今天如期在这里开幕了。参加今天会议的有，县六大班子领导，各部、委、办、局、院、校的负责人和各乡镇的一把手，足以显示 S 县对消防安全工作的高度重视。下面，请县安全生产小组组长、县综合治理工作总负责人、县文明委第一主任、县市容整治活动第一组长、县打击假冒伪劣领导小组组长、县城区规划领导小组副组长、县黄淮海综合治理副总指挥、县处理紧急和突发事件委常务副主任、县打黄扫非工作办公室主任、S 县人民政府县长顾新民同志做重要讲话，大家鼓掌欢迎。

南风微吹，掌声骤起。

同志们！损失惨重啊！教训深刻啊！发人警醒啊！这次我县著名的商业龙头企业金日大卖场发生严重的火灾事故，给我县造成重大的经济损失，同时也给我县的广大干部和全县 120 多万人民群众上了一堂深刻的消防安全教育课。因此，抓消防安全工作已经急不可待、迫在眉睫、刻不容缓，必须下大决心、出大力气、用大手笔搞好此项工作，确保我县人民群众生命财产的安全，努力营造一个安全、舒适、和谐的生活环境。群众利益无小事啊，难听的话和多余的话我就不说了。俗话说，喊破嗓子，不如做出样子。下面，我讲三个方面的问题，供大家参考。

首先，县六大班子领导对这次火灾是高度重视的。就在火灾发生之后短短的一个星期以来，我们先后召开了全委会、全委扩大会、县六大班子联席会、县政府第29次常务会议等32次会议，专门研究这次火灾事故的处理工作。县委书记、县人大常委会主任常讲话同志还专门做出了10次重要批示。为了争取上级领导的理解和高度重视，我和县政府的班子成员一道8次赴Y市汇报这项工作。值得欣慰的是，有的领导同志放弃节假日，带病坚持工作，有的舍小家顾大家，三过家门而不入，连续工作在火灾第一线，身体弄脏了，眼睛熬红了，家庭出现危机了，精神难能可贵，事迹真实感人。这次事故结束后，我们还要专门召开表彰会进行表彰。同时，我们专门成立了火灾事故处理领导小组，由我亲自担任组长，安全局的贾星星同志任办公室主任。领导小组成立以来，全体人员立即投入紧张的工作。贾星星同志先后带领相关部门的负责人，5次到W市参观学习了该市处理"3·12"特大火灾的宝贵经验，为我们处理金日大卖场火灾事故提供了可供参考的依据。会后，我们还要召开专门会议，借鉴W市的做法，就我县的善后处理工作进行广泛讨论。

考虑到此次事故的严重性，县政府决定实行限时办结制，决不允许推诿扯皮，隔三阻四。发现有违反此规定的，坚决予以查处，决不姑息迁就。

其次，我们来说一说金日大卖场火灾的责任问题。这个问题，是大问题，是原则问题，是不需要争论的问题，必须搞得一清二楚。三天前，下来几个所谓的消防专家，说这次火灾是人为造成的，我就不同意这种观点，别什么都往人身上推，人就是人，不是神，不是万能的。出了事故，谁都不愿意看到。同志们，你们说我作为S县的县长，愿意看到S县出现火灾事故吗？愿意看到S县的广大人民群众处在水深火热之中吗？对了，我也不愿意。我的意思是说，不仅仅我不愿意，全县的干部群众都不会愿意。之前，金日大卖场是我县的形象品牌企业，为我县的商贸流通和市场繁荣做出了巨大贡献。还有，这个企业一年不是上缴上百万元的税收嘛？所以，看问题要一分为二，既要看到坏的一面，也要看好的一面，这才符合马克思辩证法嘛。要从深层次找一找原因，不要只讲客观，也要从发展的眼光讲一讲主观嘛。关键的问题是，如何让金日大卖场重新站起来。俗话说，从哪儿栽倒就从哪儿爬起来嘛。不！我们要让这个企业站起来，而不是爬起来。下一步，我有一个初步的想法，财政拿出一大笔资金，扶植金日大卖场发展。当然这想法还没来得及与常讲话同志沟通，但只要为了工作，书记也会支持的。

至于处理嘛，先停一停胡一来经理的职，等段时间再让他恢复经理职务。胡一来同志虽然工作有时马虎大意，疏于管理，但这个同志的大局观念是强烈的。比如，去年我们改造旧城区，他一次就捐款五十万嘛。对这样素质高的同志，我们不能亏待他，不能一棍子将他打死。

关于损失上报问题，人员伤亡事关我县一票否决的大事，一定要科学。经济损失嘛，多报一点，我们再做做工作，一方面让保险公司多赔一点，另一方面也可以借此机会向上边多要些钱嘛。同志们说，是不是啊？

台下齐声高喊，是！掌声如雷贯耳，经久不息。

我接着讲第三个问题：宣传。同志们千万不要小看这个问题，宣传工作十分重要。我县是如何处理这次火灾事故的，我们是什么态度，必须让全县人民知道。更重要的一点，通过大量的宣传报道，让全市全省乃至全国的人民都知道我们 S 县，进一步增强我县的知名度，对我县下一步的招商引资工作，必将起到前所未有的轰动效应。我提议，由马吹风同志牵头，组织一个金日大卖场火灾宣传报道组，迅速召集全县知名写手，抓紧赶写稿件，积极主动联系各路记者朋友，争取上大报大刊，力求占据头版头条。对于表现好的同志，要加倍奖励。噢，记住要重奖有功之臣。

还有一个信访稳定问题。信访局的同志要全力做好信访稳定工作，对受灾的群众要晓之以理，动之以情，教育他们顾大局识大体，维护我县的对外形象。不要动不动就去上访，有些问题我们会想尽千方百计解决的。各单位都要切实负起责任，属于谁辖区的，谁负责做好稳定工作。这些受灾的家庭，大家可以考虑先按低保户或特困户对待嘛，要让他们感到温暖。

最后，我再强调一点。大概需要一个小时，请大家耐心等待。

远处，突然火光冲天，浓烟滚滚，一会儿便遮天蔽日。

有人报告县长，又发生火灾了。县长果断决定，散会！

刚刚到任的县消防支队的肖队长在混乱的台下，面带微笑，悄然离去。

他的战友们，正在城南新区开展消防演练呢。

高 邻

　　小区住进一位技术高深的邻居，在解决老张的困难面前，表现得十分机智勇敢。然而，高邻的高超，却给小区的人们带来无缘无故的恐慌。

　　老张出门倒垃圾，一阵惹是生非的风，把老张关在门外。

　　就那简单的咣当一声，不仅把老张吓了一跳，还让老张脊梁沟里起了一层冷汗。坏了，钥匙丢屋里了。

　　一大串钥匙啊。单位的，办公桌的，保险柜的，家里大门小门的，更有老张屁股后头一副严肃面孔防盗门的。老张这里的新居，是半年前交付的。虽然在六楼，高了点，但是阳光好，风清气顺的。当初老张就是看中这一点，所以比一楼多出一万块钱。老张是工薪族，让他多拿钱的时候，他没心疼过。因为放眼望去，头顶蓝天，远处湖光山色尽收眼底。眼下清风明月，让人耳聪目明，就认了。唉！就是这让老张无比惬意的风，把自己弄得进不了屋。

　　怎么办？老张背上的那股汗，很快从后背爬上前胸，从前胸爬到脖子，又从脖子弄得老张一头一脸的玉珠儿。老张用袖口擦了一把，又生出一把。可把老张急坏了，连两片如瓶底的眼镜上，也生出些许汗来，模糊了自己的双眼。

　　一个楼道的好几户人家，不约而同地探出脑袋。别急啊，老张。反正事儿已经出来了，再抱怨也没什么意思了。关键的问题是怎么解决这个事儿。说话的这位是毛纺厂的副厂长，分管安全生产的，劝起老张来一套一套的，言语之中不仅体现对老张的宽宏大量，还有对众人众口难辩的批判和否定。尽管是一些官话儿，但这时候活学活用，还真是时候，大伙儿觉得副厂长说得对，在理，深刻。

可是用什么办法解决呢？大伙儿充分开动脑筋，各抒己见。有的说，老张你老婆呢，她手里没有钥匙？说这话的人以为此招很高明，却招来一阵白眼。老张一年前就离婚了，就因为没孩子，这主意不是往老张伤口上撒盐吗？有的说，找开锁公司。对！不过谁知道哪儿有开锁公司，号码呢？没人知道。显然不行，这一点又被大伙儿七嘴八舌地删除了。最后有人提议，实在没办法，砸门！大伙儿沉默一会儿，觉得只有这样帮老张，也算做到仁至义尽了。

老张心里又痛一下，防盗门，新的，三千多块呢。

这时候，九楼下来一个小伙子，走到老张跟前说，我有办法。

大伙儿觉得很陌生，又觉得很眼熟。有人问，你住九楼？

小伙子回答，是啊，一个月前刚搬来的。

大伙儿终于回忆起来了，是的，就是这个小伙子，每天晚上在花园广场摆摊，卖麻辣串。小伙子穿得很普通，乡下人，平时很少与大伙儿来往，只是无论什么时候见到他，总是笑眯眯的。

小伙子的办法很简单，就是从他住的九楼窗口出来，沿八楼的空调外机，到七楼，再到六楼，钻到老张屋里不就解决了。

大伙儿觉得小伙子的计划十分合理，也很可行。最后，一致推荐由小伙子实施。

小伙子身材小，轻便，一会儿便钻到老张屋里，打开老张的门。

老张千恩万谢，大伙儿跟着千恩万谢。大伙儿说，有这样的高邻，是大家的万幸。小伙子贵姓？

小伙子一头一脸的汗，我姓陈，耳东陈，大家叫我小陈好了。

没几日，大伙儿陆续装上了防盗窗。

老张也装了，牌子很正，电视里做广告的那种。广告词说，盼盼到家，安居乐业。

有一天，老张问大伙儿，小陈呢？有一阵子没见到他了。

大伙儿也自言自语，小陈呢？

有人证实，小陈搬走了，房子让人抵债了。

老张长吁一口气。

大伙儿也长吁一口气。

太阳照过来，南风吹过来，大家的心情好起来。

再有一天，九楼砸门。咣当咣当的，弄得动静很大。大伙儿去问，怎么砸门？

一个壮汉，手持一柄铁锤，嘴里骂骂咧咧的，这小子临走没交钥匙。壮汉光着的上身纹一条龙，在汗流浃背的躯体上活灵活现。

大伙儿相互吐一下舌头，轻手轻脚回屋，关门。

迷 药

　　憎恨小广告的潘小明，却被一则小广告迷住了。不仅迷住了眼，还迷住了心。不幸接踵而来，让潘小明无法承受心头之痛。

　　潘小明的工作单位在市容局，平时最恨街头巷尾的小广告了。这些城市的牛皮癣，有时让潘小明寝食不安。

　　再过一个月，全省验收文明城市的检查组就到了。局长下达了死命令，必须大打一场消灭城市牛皮癣的歼灭战，确保验收工作一次性成功。潘小明承包庄子花园社区，突击的那些日子让他腰酸腿疼。在铲除小广告的同时，潘小明在心里无数次诅咒这些如野草横生的东西。

　　功夫不负有心人，验收真的一次性成功，悬在潘小明心头的一块石头落地了。

　　潘小明特想庆祝庆祝，第一个想到与自己分享快乐的人自然是付小茜。潘小明与付小茜从认识到确定恋爱关系三年零五个月了，但由于没有房子，两个人一直未能步入婚姻的殿堂。逛过街吃过饭唱过歌之后，兴奋不已的潘小明又向付小茜提出身体交流的要求。这个不算过分的要求，潘小明已经提过无数次了，却都被付小茜无数次地拒绝了。付小茜的理由冠冕堂皇：难道让我们在露水地里？其实很简单，花上百儿八十地开间房就齐了。偏偏付小茜是个认真的人，非要等到结婚的那一天不可。

　　鬼知道那一天是哪一天？潘小明垂头丧气地在心里嘀咕。因为现在买房子，的确不是一件轻而易举的事。就是在这个时候，无可奈何的潘小明才想到迷药两个字的。起初，潘小明觉得自己很小人，很卑鄙。后来潘小明想开了，反正她付小茜早晚都是自己的人，无非就是时间问题，等生米做成熟饭，付小茜又能怎么样？

有了想法的潘小明，以工作为名经常深入社区的街头巷尾。转了一圈又一圈，潘小明纳闷儿：奇怪了，过去如野火烧不尽的小广告，怎么说消失就消失了呢？三个月前，随便往哪一站，墙上就有一片黑字或红字：麻醉枪，代开发票，办各类证件，迷药，电警棍……潘小明腿跑木了，脸晒黑了，壮实的身子瘦了，也没弄到这方面的信息。

就在潘小明几乎绝望的时候，有一次如厕，潘小明在墙角下意外地看到了迷药两个字。他如获至宝将迷药旁边的一串号码记在手机上，一丝得意的笑容悄悄爬上眉梢。潘小明的脑海里翻滚着付小茜柔软缠绵的身体。

找个没人的地方，潘小明拨通了那一串陌生的号码。潘小明急切地问，有迷药吗？电话里一个男音肯定地回答，有！潘小明那颗逐渐灼热的心，快要从嗓子眼里跳出来了。

谈好价钱，对方说，你把钱汇到账户上。而后，不由分说地告诉潘小明一组数字。

潘小明问，能不能一手交钱一手交货？

对方从鼻孔里哼一声电话挂了。

潘小明乖乖地向那个账户上汇去五百块钱。

很显然，潘小明的五百块钱打了水漂，对方无疑是个骗子，因为再打手机就没人接了。潘小明心里隐隐约约的疼，如果用五百块钱给付小茜买条裙子，付小茜会十分大方地送给自己一个温暖的拥抱。而如果这件事让付小茜知道了，扇他两巴掌都是轻的。付小茜甚至于会暴跳如雷地说，五百块钱呐，可以买多少砖？可以买多少水泥？可以买几车沙子？

迷迷糊糊的潘小明正在做一个迷迷糊糊的梦，付小茜敲门了。

潘小明一下子从梦中醒过来，黑更半夜的，难道付小茜想通了？

付小茜扑倒在潘小明的怀里，哭得花枝乱颤。潘小明一惊一乍的，怎么了？小茜！

付小茜断断续续地说，在舞厅里喝了一听可乐，就什么也不知道了……付小茜的哭声越来越大，仿佛整个大地都在摇晃似的。

此后的日子，潘小明经常犯困，迷迷糊糊的，连与付小茜做爱都迷迷糊糊的。付小茜就啜泣着抱怨，潘小明，你怎么了，喝迷药了？

潘小明晃动一颗笨重的脑袋，迷迷糊糊睡了。

转来转去的猫

　　一只叫火火的猫，隐藏着我与火火的巨大私情。猫，固然是可爱的。而与火火的可爱能不能公之于众？显然不能。

　　傍晚回家，我怀里揣着一只猫，一只名叫火火的猫。

　　妻子对我的回家已经习以为常，却诧异于一只猫。先是脸色发生了变化。平时她的脸白皙、光洁、红晕、富有弹性，那天却青紫、焦虑、惊慌、狰狞。而后是嗓音也发生了变化，哪来的猫？疑问中藏有不安，隐忍中掺有无奈，惊叫中带有尖厉。

　　我装作十分无辜的样子，哆哆嗦嗦地说，路过地铁口捡到的，看着怪可怜的，就抱回来了。

　　当然，我的回答含糊其词，明显带有敷衍塞责的意思。当然，我没有说实话，也没有告诉妻子它叫火火。当然，我美丽的谎言于妻子于我于儿子于这个家庭，有百利而无一害。火火是马兰起的名字，跟我的笔名音同字不同。

　　这里，不得不说说马兰。

　　怎么说呢？说起来有点费劲，有点朦胧，有点暧昧。但又不能不说，不说大家都不明白，还要追根求源。马兰呢，是我的一个知己，无话不谈的知己。这里我要郑重澄清一下，仅仅知己而已，尽管马兰是位漂亮的女士。

　　马兰的前男友，是她的大学同学，相恋四年后，突然有一天去了美国。

　　火火就是她前男友留下的。他在给她的留言条上写道：我走了，让它陪陪你吧。留言里说的它，就是那只猫。他们在一起的日子，就有了那只猫。美国不需要那只猫，他也不需要那只猫。因此，他告别了马兰，也告别了那只猫。

与马兰在一个叫城南故事的咖啡厅见面，这个咖啡厅是我们无话不谈的时候约定的地方。每当我们心不顺气不均，或者彼此遇到难题的情况下，我们都会不约而同地想起并来到这个地方。马兰当时披头散发，眼睛里注满沮丧和废颓。她喝着苦苦的咖啡，心里奔腾着酸酸的痛楚。

从那时起，马兰正式给那只猫改名叫火火。马兰与火火，形影不离。

马兰在夏季即将过去时，决定到上海读研，才将火火托付给我。

我开始耐心细致地教火火进食、走路、睡觉。总之，必须尽快将火火的习惯，引入我们家庭生活习惯的正轨。好在火火很有灵性，很聪明，很让人怜惜。它很快适应了习惯，并且还会十分献媚地冲妻子咪咪叫。

妻子躲在卫生间里，悄悄上发卡，打眼影，描口红。之后，独自外出。

危险的气息正悄悄向处在冷战阶段的家庭靠近。可是，为了可怜的火火，为了可怜的马兰，我无路可走。

有一天深夜，妻子意外将我戳醒。听，什么声音？我故意揉开惺忪的眼睛说，没有什么呀？妻子钻进我的怀里，一只手开始揪住我的一只胳膊，再听，是老鼠叫，怎么会听不见？妻子向来最怕老鼠，老鼠可以让她花容尽失，还可以让她白眼尽翻。真的有老鼠叫的声音！我喃喃自语。妻子像蛇缠住我的身体，我觉得前所未有的窒息。

第二天，妻子的身体依然哆嗦。

第三天，妻子终于变成一摊香泥。

我适时把火火松开，并且一声令下，干掉它！

火火箭一样射出去，老鼠的叫声渐行渐远。

下班后，妻子做了红烧排骨。厨房里飘荡着排骨的香味，火火的碗里，同样飘着排骨的香味。

火火开始在客厅里大摇大摆地走来走去，即便咪咪叫，似乎一声比一声威严。

那一天，妻子神经兮兮地问，火火什么时候出生的？我说，干什么？妻子切了一下，给它过生日呗！

激动之余，突然惊出一身冷汗。我有点哆嗦地问，你怎么知道它叫火火的？

妻子眉飞色舞地说，不是你说梦话告诉我的吗？

妈啊。我在心中暗暗叫道。

又一个秋尽冬来的日子，马兰悠然回来了。马兰索要火火，说要带火火去美国。

我疑惑，去美国？马兰肯定地点点头，对，去美国！

不见了火火，妻子似乎很受伤很难受。她不吃不喝不睡不化妆不逛街，无数次半夜将我戳醒，火火呢？

我告诉她，火火丢了。

每当看到我认真严肃的样子，妻子的啜泣声骤然响起。那个季节似乎多雨，呼呼的风声时常将她的悲伤深深掩埋。

有一天，妻子十分高兴，公司组织一个重要活动，马上要去美国。

将手机里鼠叫的声音无法回收地彻底删除。而后，双手合十，千万别让妻子碰到火火。

故事里的事

故事里本有事，没想到却有许多复杂的事。刘大民和凡士林之间，站着一个叫肖红的女人。肖红的事，牵涉到刘大民的事，也牵涉到凡士林的事。

故事从某一天款款而来。某一天，刚下过一场雨，初晴的天空湛蓝高远。

刘大民一下火车，就接到凡士林的电话。电话那头很热情，是刘大民吗？我是凡士林啊。刘大民一听是凡士林，心情像广场上空的白鸽一样飞翔。你果真是凡士林！刘大民激动得几乎要从水泥地上跳起来。

刘大民跟凡士林是发小，从小学到中学的同班同学。当年，同学们都说他们穿连裆裤，一个鼻孔出气。只是岁月如过眼烟云，一晃十多年过去，两个人竟没见过一次面。

两个人约定，中午在涡河岸边的渔家酒楼碰头。

为了赶时间，刘大民直接拦一辆的，比坐班车多花了二百块钱。

久逢知己千杯少。一对故人边说边喝，一瓶白酒下肚，又要一瓶。他们从小学说到中学，从中学说到毕业，从毕业说到结婚，从结婚说到生子。难怪，二三十年的光阴，一时半会怎么能说清楚？

一觉睡到第二天，太阳爬到了树梢上，刘大民被凡士林急切而固执的电话搅醒。

打电话的不是凡士林，是肖红，凡士林的妻子。肖红哭哭啼啼，凡士林死了。大民吓得不轻，一屁股坐起来。

凡士林躺在正屋的床上，身上盖一张洁白的床单。刘大民的脑袋里，仿佛有一万只蜜蜂飞来飞去。

将凡士林送下地，刘大民给肖红送去二万块钱。刘大民嗓音依然哽咽，今后家里有什么困难，尽管吱一声，凡士林虽然走了，刘大民还在。

过罢春节，一茬茬的年轻人陆续踏上南上的列车。大伙儿去找刘大民，走吧走吧，穷家破院有什么可留恋的！刘大民迈不动步子，凡士林总在他梦里来来去去。

大伙儿个个摇头晃脑，觉得刘大民真的憨了傻了。凡士林怎么死的？刘大民你真不知道？

凡士林犯过心脏病，到省城做的手术。肖红说，一个支架两万块，凡士林一次做三个。

凡士林怎么得的病？十有八成是长期高空作业造成的。

凡士林在工地上开塔吊。人在上面一小点，蚂蚁一般大。站在下面往上看，晕。从上往下看，不晕死才怪。

患病后，凡士林重活不能干了，才回到镇里的一个小厂当保安。

有人把话茬儿接过来，他凡士林根本没啥病。要是有病的话，还是当保安那阵子惹的。

有一天夜里，一个小偷溜进厂里，凡士林把小偷堵在墙角边。小偷百般求情，大哥大哥你放过我，身上的钱都是你的。可是凡士林坚决不干，那不行，想让我放你容易，把你偷的东西留下来，然后跟我一块到派出所自首。结果，小偷将一块砖头拍在凡士林的胸口上。

再有人否定，驴唇不对马嘴，起因缘自肖红。

凡士林在南方工作时，一年半载回家一次。肖红正是鲜花怒放的年纪，能耐住寂寞？那个镇上的小白脸，经常帮肖红修电路电灯电话电视的那个，修来修去，修到肖红的床上。

凡士林听到了风声，才回来上班。原打算看住肖红的，可是在厂子当保安，白天黑夜连班倒，仍给肖红留下可乘之机。有人亲眼所见，凡士林在家休息时，肖红往镇上跑。只要凡士林去上班，肖红就早早关门，装作早睡早起的样子。其实，小白脸来去自由。

事情还远不止这些。关于凡士林的死，其他人仍有其他的说法。

说什么的都有，刘大民却除了摇头，还是摇头。除了摆手，还是摆手。刘大民说，千不该万不该，不该让凡士林喝那么多酒。

大伙儿继续劝刘大民，就是因为喝酒，也不是你刘大民掰嘴灌的，总是他凡士林自愿的吧。话又说回来，你不是给肖红两万块了吗？你看你，付出得不少，能不觉得冤枉？

刘大民仍然摆手，仍然摇头。大民我不冤枉，一点都不冤枉。

因为一件事，从刘大民昏涨的脑海里逐渐浮出来，变得越来越清晰。

初三的时候，凡士林和刘大民都疯狂地追求过肖红。

两个人在涡河岸边的树林里，曾经认真地打过一次十分危险的赌。如果谁将肖红追到手，另一个就从对方生活里消失。如果有一天，肖红说不爱了，就当着她的面，痛快地死去。

第四辑　啼笑皆非

　　大千世界，无奇不有。千姿百态的事物，造就丰富多彩的生活。生活的多样性和复杂性，衍生出或哭，或笑，或悲痛不已，或忍俊不禁的场景和故事。或大或小的故事，再现了生活，以微型小说的文学形式记录下来，既来源于生活，又高于生活。给本来多姿多彩的生活，增添了别样的风姿。

我像卓别林

卓别林是一代幽默大师，大师的作品和形象，给世人留下了不可磨灭的印记。张三把我看成大师，一说明与张三的关系很好，二说明我身上真有大师的天分细胞。

有一天，张三一脸坏笑地看着我，怎么看，你都像卓别林。

东南西北前后左右瞅瞅，面前只有张三，张三面前也只有我。

心里的不快马上就爬到脸上。张三是我的好朋友，我一向对张三友好。有好吃的，找张三；有好喝的，找张三；有好玩的，找张三。甚至约会第一个女朋友的时候，也找张三掌掌眼。现在，好朋友张三正在以不友好的语气嘲笑我戏弄我。自然是不高兴，搁谁都一样。

我盯住张三依然没有抹去坏笑的脸，你说谁像卓别林？

张三跷着二郎腿，刚上脚的花花公子皮鞋在阳光下油光发亮。张三还食指套上一串钥匙链子，链子被他转得叮当作响。张三说，不说你说谁！张三不停晃动皮鞋制造的亮光，闪了我的眼。

张三说，你看看你的鞋。

我的鞋头翘了起来，而且翘得尖尖的，仿佛要一飞冲天。一层又一层的泥土灰尘蒙在上面，似乎掩盖住了本来劣质的牌子。我刚从工地上匆匆忙忙赶过来，繁重的劳作和不良的走路习惯，当然有理由让它尖尖的、脏脏的。

张三又说，你看看你的头。

我的头发像钢针一样，可着劲地往上钻。城市里高高大大的摩天大楼，脚手架上坚强的凌厉的无坚不摧的风，加上这里变幻无常的恶劣天气，除非秃子的头发不往上钻。

张三觉得，我的这些形象还不足以证明他的结论。张三再说，你再看看你的衬衣。

噢，早晨起得慌，衬衣穿反了，一条灰印子像一根绳子一样困绕在脖子上。

离开张三，我直接去了大浴场。洗澡，光脸，换衣服，擦皮鞋。总之，我不能像张三说的那个卓别林。卓别林是干什么的？从张三鄙夷的眼神中就略知一二。

左青青是我至今结交的第六个女朋友，不过之前的五个已经是曾经了。左青青仿佛跟我前世有缘，一见面就天南地北海阔天空地聊上了。本来，我是不想多说话的。暗下决心要认真吸取前五次的深刻教训，她们都是在我天马行空的状态下，与我分道扬镳前情决绝的。而左青青不一样，她的口才极佳，而且观点独特。她不断从自己薄薄的红唇里吞吐香气，而后把这些香气演变成国内外大事、街头小事和家庭琐事。无论说什么事，左青青皆神情自若气势磅礴口若悬河。

在左青青说得两嘴冒沫口渴难耐的时候，我才偶尔说上一些令她无比开心的小段子，以此来调节调节她单调的枯燥生活。

左青青笑得花枝招展，甚至眼泪汪汪的。左青青说，你太幽默了，真像卓别林。

我问了一句，像谁？刚才你说我像谁？左青青眨巴着明亮的一双大眼睛，像卓别林啊。

这样看来，卓别林不是什么坏人，至少是一个幽默的人。左青青说我像卓别林，非但没让我感到一丝不快，反而内心充满激动和爽快。

与左青青的关系发展得很好很快很顺利，不到三个月就到了婚姻的预备期。可是有一天，左青青竟跟一个已届古稀之年的开发商跑了。我这里只有幽默，开发商那里有的是钱。钱和幽默相比，幽默太渺小了。

单位要组织一次声势浩大的迎春晚会，领导对此十分重视。不仅成立了专门组织，还多次召开专题会议进行研究，并对晚会节目一个一个审核把关。

把关过来把关过去，领导不太满意，在专门会议上大发雷霆。这怎么行？太正统了，缺少一些东西，一些让大家过年高兴愉快的东西。

不知道是谁对我有意见，还是跟我前世有冤今生有仇，竟然向领导推荐了我这个一直在一线默默无闻的人。而且还进尽谗言，说什么让我搞个模仿秀，还说谁也别模仿，就模仿卓别林。

听到这个消息，我磨刀的心思都有。但是，我的确没有那个胆量和勇气，我不听奸臣的，还得听领导的不是。因为领导高兴地拍板了，好！就让他模仿卓别林。

几乎一个星期没睡好觉没吃好饭，除了搜集大量关于卓别林的资料外，还将自己像狗一样关在屋子里加班加点反复排练。

然而，令人振奋的事发生了，我的模仿表演十分成功，把整个晚会推向无可比拟的高潮。全场职工笑得前仰后合人仰马翻，仿佛集体喝了兴奋剂似的。

之后有一次，单位点名，突然点到卓别林。大家不约而同地扭头看着我，难道我是卓别林？

即便是卓别林，也是中国的卓别林，不是外国的卓别林。我坐在台下抠着指头默默地想。

培　养

　　如何培养县长的儿子？苦了科长，苦了局长。科长和局长不负重托，把县长的儿子培养成了科长和局长，则分别把自己培养成了名副其实的无用之人。

　　县长的儿子大学毕业分到局里，局里又把他分到我的科室。

　　局长郑重其事地对我说，你们科很重要。可以这样说，你们科是我们局的中枢神经。也可以这么说，没有你们科，就没有我们局。

　　我从来没觉得我们科这么重要，经局长这么一说，我认真地思索一下，局长说得对，十分对，我们科还真是那么回事儿。我心里喜滋滋的，如嚼着一块木糖醇。再延伸一步，也就是说，我这个科长很重要。

　　局长吸一口烟，用目光深情地打动我一下，接着痛下决心似的，所以，县长的儿子别的科我不会安排的，就安排到你们科！

　　我把科里重要的工作，几乎都安排给了县长的儿子。

　　有一天，县政办主任通知，县长要到我们局调研。

　　我们局里的每一个人，都慌得像没有头的苍蝇似的。局长、副局长早在大门口躬腰哈背望眼欲穿了。

　　县长下了车，没到局长室，也没到会议室，直接奔向我们科的办公室。县长始终笑吟吟的，脸上荡漾着无穷无尽的春光，走路的脚步轻得像只猫。

　　局长跟在县长的屁股后头，唠唠叨叨地汇报局里的工作。局长把局里的工作汇报得天花乱坠，把局里的困难说得像芝麻粒那么小。

　　县长像听，又像没听，脸上只有堆积的笑。待转进我们科，才拐过头来问局长，这个科谁是科长？

局长马上招手让我过去，嘴里忙说，他呀，是他。

县长伸出右手，握住了我的右手。县长的手很宽大，把我的手一下子包住了。县长的手很有力，我的手在他的手里像一只笼中的鸟。县长的手很温暖，我的手马上生出许多汗来。县长手的温暖，通过我的手，传遍了我的全身，我身上立即热气腾腾的。

县长语重心长地对我说，儿子在你科里，你要多多培养他啊！

县长说完话儿就要走，局长双手拽都没能拽住。从那以后，局长经常到我们科，问问我对县长儿子的培养情况。过去，可以说，局长几乎不来我们科。即使有重要的事情，他也是打个电话让我过去。

不久，县长的儿子被培养成了副科长。

又不久，局长打电话让我过去。局长问我，在科里累不累？

我说，累，是累，那么多的工作还能不累！我之所以说累，一是我有意向局长表功，说明我的工作十分积极；二是我的确累，必须给局长讲实话。局长是个务实的人，对下边的人喜欢实事求是，一是一二是二，不喜欢夸大其词花言巧语。

局长吸一口烟，用目光深情地打动我一下。然后痛下决心地说，准备把你调到老干部中心去。我考虑过来考虑过去，调谁都没有调你最合适了。我看你累得上气不接下气，我心疼啊。局长说完这段话儿，眼睛流露出一丝丝悯惜之色。

自然，我的讨价还价是没有用的。这里就不说了，说了只能是赘述。我去了老干部中心，县长的儿子当上了科长。

老干部中心是个闲差，同时还是个地地道道的清水衙门。没有事做，我迷上了网络。网络真是个好地方，原来在科里工作的时候，忙得屁股不沾板凳，哪知道网络是个好地方呢。在网上，我注册了一个叫伟哥的网名，跟帖的美眉马上如滔滔江水绵绵不绝。我说，我是伟哥我怕谁？美眉们马上眉来眼去投怀送抱。就这样，我的日子过得十分滋润。

再不久，县长的儿子培养成了副局长。

其实，这关我屁事儿，与我何干呢？不是吃辣萝卜咸（闲）操心吗？可是，同事们非把这消息往我耳朵里塞，弄得我耳朵孔里十分混乱，一会儿是美眉的嗲声嗲气，一会儿是同事们的无奈叹息。

有一天，局长垂头丧气地来到老干部中心。局长从来不来老干部中心，局长来到的时候，我正在网上跟一个叫陈倩倩的美眉举行婚礼。我吓了一跳，赶紧停掉那神圣而又隆重的场面。我忙对局长赔不是，噢，局长，不好意思，我不该搞这些与工作无关的东西，与道德伤风败俗的东西，与单位与家庭与社会有害无益的东西。马上我写一份检查，一份深刻的自我反省材料，亲自双手交给你，一定！马上！

局长被我说得脸色通红，像抹了一层红颜色。局长说，哪跟哪啊，我真的是来请教您的。我想让您把我培养成一名网络高手。

我眼瞪得像鳖蛋似的圆。

局长见我犹豫怕我不相信，又说，我说的都是真的，没有一丝半点假话。我可以对天发誓，如果我说的是假话，就天打五雷轰。

我说，真的？

局长说，真的。

我在心里急速揣摩，局长葫芦里到底装的什么药。一个同事慌里慌张地闯进来，上气不接下气地说，县长的儿子当局长了。

老局长的脸红得更厉害，像是被谁用巴掌毫不留情地左一下右一下用力扇的。

我想问老局长，是你培养的？

但我没说，的确是没有勇气说，老局长还让我把他培养成网络高手呢。

比　赛

　　比赛本来是一项健康的运动，是比赛第二友谊第一的事情。然而，这样那样的潜规则进入比赛，使比赛失去了固有的魅力，也变成滋生腐败的温床。

　　A局长和B局长是铁杆哥们儿。

　　因此，A局和B局就是友好单位。

　　每年国庆前夕，A局和B局都搞一次轰轰烈烈的比赛。通过比赛这种纽带，把A局和B局的友好程度升华了再升华。

　　去年，是A局邀请的B局。按照礼尚往来的基本规则，今年应该轮到B局邀请A局了。

　　眨眼之间又快到了国庆节。B局办公室陈主任问B局长，今年咱们与A局搞什么比赛？

　　B局长问，去年A局搞的什么？B局长似乎知道，又似乎不知道，仿佛记不清楚似的。

　　陈主任回答说，去年搞的是乒乓球比赛啊。

　　B局长用手弹了弹比去年还明亮的脑壳，似乎去年与A局进行乒乓球比赛的场景，又被他从脑壳里弹出来似的。

　　B局长接着问，陈主任，咱们今年搞什么比赛呢？

　　打羽毛球。我看你比A局长打羽毛球的技术强多了。陈主任好像一切都想好了，几乎是脱口而出。

　　B局长略加思索，眼前忽然闪过流星似的一亮。嘴里说，对，就打羽毛球。

去年，打乒乓球 B 局长输给了 A 局长。今年，B 局长要用羽毛球把面子扳回来。

B 局长又问，去年，他们是怎么搞的。

陈主任回答说，每人一套安踏运动装，一双双星运动鞋，人均计款 480 元。陈主任怕 B 局长记不起来，又接着说，我们局 30 人，A 局 20 人，总计 50 人。

B 局长眉头一皱，就算出合计款数来，是 24000 元。B 局长是会计出身，对于这样的大整账，根本不用按计算器。

B 局长哦了一声。

陈主任说，打过比赛后，他们安排的饭，在锦泰楼大酒店。共 5 桌，喝的是茅台，吃的是鲍鱼，吸的是软中华，每桌平均花费 4200 元。

B 局长心里一合计，21000 元。B 局长又哦了一声。

陈主任接着说，后来，A 局的领导班子成员带领我们局的班子成员，去了一趟黄山。

陈主任只说到去黄山，没报价。B 局长这次没哦，只拿疑惑的眼光盯着陈主任。

陈主任点上一根烟，深深地吸一口，一股浓重的青烟掩盖了陈主任的面容。

B 局长问，去黄山大概消费多少钱？

陈主任见无法回避这个问题，又吸上一口烟，才慢吞吞地回答说，听 A 局吴主任说，大概 50000 元吧。

B 局长问，其他还有什么吗？

陈主任如释重负，说，没有了，就这些了。

B 局长在心里迅速地将以上三个小合计总合计了一下。乖乖，总计是 95000 元。

陈主任又点上一根烟。对于陈主任来说，仿佛吸烟，才是他的最爱。直到 B 局长咳嗽了一声，陈主任才把深埋的目光重新投向 B 局长。

B 局长说，陈主任啊，我们是大局，比 A 局人多。既然人家 A 局十分慷慨，我们也不能小气。我们也不能因为几个钱的问题，就断送了局与局之间的友谊，是不是？

陈主任连连点头，嘴里说，是，是啊。

B 局长接着说，衣服买阿迪达斯的，鞋呢，就买花花公子的。

陈主任在心里数算着钱数和人数。

B 局长说，吃饭嘛，就安排在繁华世家。那里的海鲜还是不错的，比锦泰楼的要强多了。

陈主任边点头，边扳着指头算一下账。

B局长又说，黄山归来不看山。再说了，这些比较近的景点都看遍了，咱们就去桂林吧，那里的山水才甲天下呢。

陈主任如数照办，所有的安排都按B局长的指示办了。

A局和B局的友谊又近了一层。

再一年，A局开始谋划与B局的比赛问题。

B局长因经济问题出了事。

C局成了B局的局长。

C局拒绝了A局的盛情邀请。

A局的人感到很失望，十分怀念与B局的友好时光。

B局的人也感到很失望，十分怀念与A局的友好时光。

有一天，A局的吴主任和B局的陈主任碰到一块。吴主任问，B局长还有多少年才能出来？陈主任想了半天，也没能够准确地回答吴主任。

酒的级别

人生几何，把酒言欢。在喜庆的酒桌上，却把人的三六九等掺杂进去，弄得是非不分，尴尬万分。人性的虚荣和阴暗，无处不在。

张三、李四、王五、赵六、沈七聚在一个酒桌上。

张三一抱拳，说，各位仁兄，谢谢大家给我张三这个薄面，能在百忙之中光临这次酒会。今天，张三做东。

李四说，客气了。

王五说，谁跟谁。

赵六说，谢啦。

沈七说，不好意思。

张三端起一个满杯，接着说，为了大家能聚到一块儿，也为了大家能给我张三一个薄面，更为了大家的友谊天长地久，我敬大家一杯。说罢，一仰脖子，把酒灌进肚子里。

大伙儿似乎还想说什么，但又不知说什么。

李四说，喝！

王五说，喝！

赵六说，喝！

沈七说，喝！

说喝的大伙儿几乎同时一仰脖子，把桌面上酒杯里的酒都灌进了肚子里。

酒辣。大伙儿都在龇牙咧嘴，一脸的复杂表情。

李四率先反应过来。李四及时调整一下面部的笑容，十分客气地跟大伙儿说，各位,俗话说,有来无往非礼也。张三兄敬我们一杯,我们回敬张三兄一杯怎么样?

王五说,好!

赵六说,好!

沈七说,好!

大伙儿共同敬张三一杯。

张三面若桃花。嘴里说,各位仁兄太客气了,心里却美滋滋的。张三一仰脖子,一杯酒又撂进肚子里。

酒桌上的气氛,被大伙儿激动的心情,调动得热火朝天。

王五说,各位别只顾喝酒,菜还得吃吧。你看这一桌子好菜,岂不是太奢侈了?

桌子上摆得满满的,像山。有铁板牛蛙,素炒三鲜,清蒸桂鱼,毛家红烧肉,还有三四个叫不上名字的海鲜,不胜枚举。

王五一号召,大伙儿的胃口被调动起来。包厢里一时间响起吧嗒吧嗒的吃菜声。

赵六吃得满嘴流油。少顷,赵六用餐巾纸抹了抹嘴,十分有礼貌地站起身来说,各位,我提议,正科级的喝一杯。

赵六在单位是正科级。

大伙儿你看看我,我看看你,只有王五站起来。看来,王五也是正科级。

赵六和王五一仰脖子,把各自的一杯酒撂进了各自的肚子里。

包间里再次响起张三、李四、沈七吧嗒吧嗒的吃菜声。仿佛王五和赵六的喝酒,与自己无关似的。

赵六和王五坐下,李四站了起来。

李四手里端一满杯,嘴里还嚼着一块红烧肉。李四瓮声瓮气地说,前有车,后有辙,我们副科的喝一杯?

赵六和王五吧嗒吧嗒地吃菜,只有张三站起来。看来,张三是副科级。

张三和李四把一满杯酒撂进肚子里之后,俩人仿佛从身上卸下一座山,十分轻松的样子。

只有沈七没有级别。沈七满脸通红,像猴屁股。

大伙儿都用眼睛的余光瞄着沈七,沈七的脸更像挨了板子的猴屁股。

沈七忽然站起来,十分干脆地说,喂,各位,是一把手的喝一个。

站起来的沈七像一棵高大无比的树。其余的人你看看我，我看看你，一脸的疑惑和无奈。

李四的嘴如蝇子似的悄悄趴到张三耳朵上问，沈七是哪单位的一把手？

张三轻声轻语地回答说，淮河委员会涡南闸管所家属院门岗室值班主任。

李四舒了一口气。

王五趴到李四耳朵上，王五舒了一口气。

舒了一口气的王五，主动把嘴趴到赵六的耳朵上。

赵六舒了一口气。

沈七仿佛很得意，独自把一杯满酒灌到自己的肚子里。

垃圾筒

一个小小的垃圾筒，在不同领导的眼里，摆放为不同的理解。真是让人对领导的艺术观，叹为观止。然而，它只是一个小小的垃圾筒，无他，唯器具尔。

为了搞好文明创建工作，局里新购了一批垃圾筒。

办公室李主任指挥办公室的人员说，把新垃圾筒统一放到走廊里。这样，不仅整齐划一，还方便来人扔垃圾。

分管文明创建的马副局长却表示了反对，马副局长以为应该放在室内。马副局长说，把垃圾筒放在走廊里能美观？岂不是把垃圾暴露在检查组的眼皮子底下？

两人僵持不下，都有点儿脸红脖子粗的。

这事儿闹到一把手韦局长那儿。

韦局长听了两人的意见后，深思一会儿，才对李主任说，按马副局长的意见办。

马副局长走出局长室的脚步轻飘飘的，仿佛有一阵风推着他似的。

李主任心里感到一万个不自在。但韦局长已经表态了，即使他心里再不自在，也只能把不自在窝在心里。

过了两年，韦局长调走，局里调来张局长。

为了搞好文明创建工作，局里新购了一批垃圾筒。原来的垃圾筒已经陈旧了，对搞好这项工作造成了负面影响。

这一回，李主任先问马副局长，垃圾筒怎么放？

马副局长浓密如描的两排眉毛一扬说，还放在室内。

可李主任以为还是放在走廊里好。

这事儿闹到一把手张局长那儿。

张局长听了两人的意见后，几乎没加思索地支持了李主任。

李主任看到马副局长走出局长室的脚步重重的，如同两条腿上绑上两块铅。

局长就像戏台上的官儿，走马灯似的换来换去。这回是张局长调走了，又调来一个朱局长。只有李主任和马副局长没有变，李主任还是李主任，马副局长还是马副局长。

局里又淘汰一批陈旧的垃圾筒，新购了一批崭新的垃圾筒。

关于垃圾筒的摆放问题，李主任和马副局长的意见还是相左。

这事儿，又闹到朱局长那儿。

朱局长先让马副局长说出垃圾筒放在室内的好处，又让李主任说一说放在走廊的理由。

最后，朱局长表态，垃圾筒放在室内。不过呢，为了方便来人放垃圾，再买一批垃圾筒放在走廊里。

李主任觉得这个方案好，又觉得不好。

马副局长也觉得这个方案好，又觉得不好。

可是朱局长已经拍板了，只能按朱局长说的办。

局里的文明创建工作还在一年一年地搞，而且搞得还不错，年年都是县里或者市里的先进单位。每年的先进表彰会上，新局长总会抱回来一个又一个耀眼的奖状或奖匾。

请吃饭

在机关里，你请我我请你，大家相互请吃是常有的事儿。而孙长贵的请吃，于时间于场合于人物，恰如其分，厚道得体，赢得无数赞誉。背后，却隐藏着鲜为人知的秘密。

在 B 局，孙长贵没有摆不平的事儿。

孙长贵最大的特点，就是好请吃饭。上至局长、副局长，下至科长、股长，孙长贵都请过。我刚到 B 局上班的时候，孙长贵还请过我呢。孙长贵拍着我的手心手背说，年轻人，算我孙长贵给你摆的欢迎宴啊。一直到现在，我仍十分感激孙长贵。孙长贵人儿不错，高的矮的都能看得起。

A 城是块不大的地方，但是 A 城的人，大都喜欢吃。在 A 城随便开个小饭店，只要有点儿特色，没有说赚不到钱的。只要一有特色菜，孙长贵就会喊上局长、副局长，或者科长、科员去搓一顿。吃罢，孙长贵会问，怎么样？大伙儿抹着油嘴，鸡啄米似的乱点头。

无疑，孙长贵的人缘非常好。只要一提起孙长贵，大伙儿会异口同声地说，长贵啊，不错！热情！

孙长贵找大伙儿拆乎事儿，嘴上说，咱们关系再好，也不能违反原则啊。大伙儿也一副感激不尽的样子。心里想，像孙长贵这样善解人意的人儿，少找。即使可办可不办的事儿，大伙儿都会给他办。不过呢，孙长贵也不装死眼子，会请吃饭。

孙长贵就是这么一个人。

一次，组织部来 B 局选拔后备干部，让大伙儿无记名投票推荐。结果，孙长贵的票数最高。但来选拔干部的陈副部长不高兴了，怎么了？孙长贵还是工人身份嘛。

这会儿，大伙儿才想起来，孙长贵不是干部。是工人身份怎么能当干部？不是违背党的组织原则吗？因此，那次推举很不成功。B局空缺的一名副职，被从C局调来的刘来喜顶去了。

孙长贵请新官刘副局长吃饭。酒酣耳热之时，刘来喜不无调侃地说，你孙长贵如果是干部，哪有我的份儿？

B局的局长像走马灯似的，来一个走一个，走一个又来一个。走的和来的，都吃过孙长贵请的饭。当然，局长们待孙长贵也不薄，都十分重用孙长贵。孙长贵在办公室这个岗位，似乎永远无人替代。

孙长贵后来病了，病得还不轻。一查，是食道癌。

那一阵子，大伙儿没再能吃上孙长贵请吃的饭，身子骨像散了架似的。

年底，B局受到A城纪检委的表彰。原因是B局的招待费同比下降了百分之二十六点八。

大伙儿觉得受表彰的感觉真好，但又觉得仿佛缺了点什么。

得 病

张三送李四从殡仪馆回来，就不由自主地预测自己有病了。平时，张三跟李四形影不离，李四突然离去，他张三还能独善其身吗？朝思暮想之下，张三能不得病吗！

张三从殡仪馆出来，天空格外晴朗，阳光格外灿烂。

但张三一点儿也高兴不起来。张三心里在想，五大三粗的李四经火一烧，轻意地就装进一个小盒子里。而且，只轻轻一拎，便带走了。

张三还想，平常的日子里，自己跟李四就死在一块儿。两个人一起上班，一起下班，一起下饭店，一起上歌厅。连桑拿，按摩，找小姐，两个人都形影不离。本来两个人约好，等来年春暖花开，一起去扬州的。李四，说走就走了。

李四临走的那个晚上，张三仍跟他黏在一起。他们喝过酒，又唱了一会儿歌才各自回的家。谁知到了半夜，李四的脑血管就破裂了。

一想起这些，张三的心情就格外沉重。

回到家里，老婆做了一桌子好菜。平时，张三就像不着窝的兔子。现在李四走了，老婆既有悲痛，又有喜悦。只是老婆的悲痛在脸上，喜悦在心里。老婆心里笑，看你张三还不回家？而张三的脑子里抹不去李四，再好的菜，张三都没有胃口。

起初，老婆想，很正常。谁叫他张三跟李四是好朋友呢。张三丢了朋友，没胃口很正常。等过一段时间，自然就好了。

时间很快就过去一个多月，李四的"五七纸"都烧完了，张三还是郁郁寡欢。老婆说，张三，你是不是病了？

　　张三也想，自己可能是病了。不然的话，怎么对什么都不感兴趣了呢？老婆一提醒，张三算一下，自己和老婆也一个多月没做事了。

　　在一个阳光明媚的日子，张三在老婆的一再催促下，去了医院。

　　医院里有张三一个朋友，叫王五。确切地说，王五是李四生前的朋友。因为和李四是朋友，张三和王五自然是朋友。张三和王五不由自主地又回忆起李四，都说，可惜啊可惜！

　　王五给张三做了全面检查。先抽血化验，尿检取样，再量血压血脂，后X光胸透，做心电图。反正，该查的都查了，不该查的也查了。检查的结果，一切正常。

　　从医院里出来，张三的心情同外边的阳光一样好了起来。张三去了农贸市场，买了许多好吃的好喝的。张三决定今天好好滋润一下，过一过幸福的生活。

　　张三就在这个时候碰到了赵六。赵六也是张三的朋友，张三情不自禁地把自己的身体状况，说给赵六听了。赵六一脸的愤怒，说，张三，你好糊涂啊，你还敢相信王五？李四生前就是在那个医院做的体检，每次王五都酒气熏天地拍胸脯，李四，没事儿，你啥事儿都没有。

　　张三心里咯噔一下子，仿佛一块巨大的石头又吊上了。

　　临分别的时候，赵六再三叮嘱张三，去大医院看看，啊！

　　张三跟单位请假，去南京。南京那边说，没啥。张三不放心，又去上海。上海那边也说，没啥。张三还是不放心，张三从上海回来的路上想，等续了假，再去北京。

　　后来，张三干脆请了长假，经常奔波外地看病。

　　偶尔回来见到单位的同事，同事们关心地问张三，啥病？

　　张三说，查不出来，反正有病。

　　同事们上下打量张三，原来身强力壮的，现在怎么瘦得像麻秆似的？

　　同事们不无同情地交代张三，别急啊，再好好查查。

　　张三万分感激，抬手从深陷的眼窝里抠出一滴眼泪。

请 假

　　科里人少活多，谁干多谁干少难分伯仲。四个人为了少干活多请假，可谓费尽心机。归根到底，制度的缺失，才是根本问题。问题得到了解决，用制度最管用。

　　科里四个人：张三，李四，王五，还有科长。

　　业务多，忙。

　　张三有一次感冒了，头疼。

　　张三便跟科长请假。

　　科长看了看张三说，能不能缓一天，这两天特忙。

　　张三鼻子抽几下，抽不动。张三说，没办法，我能想有病？

　　科长无奈，批了张三的假。

　　张三的活，仍由科里的人干，更忙。

　　李四心里不舒坦。李四想，他张三能请假，我李四怎么不能请假呢？他张三和我们拿一样多的钱，凭什么他的活让我们干？李四感到心里一万个不自在。

　　有一天，李四也感冒，鼻子抽也抽不动。

　　李四写了假条，找科长批假。

　　科长面露难色。心想，李四这个时候请假，科里的活怎么办？就自己跟王五俩，还不累死？

　　科长就不想批李四的假。科长说，能不能过两天，忙完这项工作再请假？

　　李四的头疼了，似乎疼得很厉害，脸上的细汗像蚂蚁似的爬来爬去。

　　科长无奈，批了李四的假。

第二天，科长响亮地打了几个喷嚏，鼻子抽也抽不动。

王五说，科长，你病了，回去休息吧。这儿的活，有我顶着呢。

科长心里觉得暖暖的，就回家休息两天。

不久，经科长再三举荐，王五当上了副科长。

张三觉得亏。无论是凭资格，还是凭学历，张三和李四都比王五强。

科长仿佛对张三和李四的意见不理不睬。有时，科长还敲打敲打张三和李四，看看你俩，干活能有王五实在！

最近，科里又忙上了。科里的四个人，忙得焦头烂额。

王五有一天给科长递一张假条，说感冒了，要回家休息。

科长无可奈何，就批了王五的假。

王五的活儿，便由三个人分担。

张三一肚子意见，对李四说，反正副科长批了，搁我我也得请假。

李四说，这么忙得连放屁的空儿都没有，不请假的才是憨子。李四的意见也不小。

科长一听，脑袋都大了，头疼得厉害。

科长请了长假，王五主持科里的工作。

张三和李四再也没有请过假。就是平时有个头疼脑热，还坚持上班。

王五科长有言在先，谁请假我都批，但有一条：扣钱。

乘 车

开出租车的老王，碰到一个迂腐的打车者，他精于算账，却算不好账。什么原因造成的呢？表面上看，迂腐。实质上，缺失的是社会诚信。

老王是个跑出租的。由于老王为人实在，待客热情，生意还不错。

这天，老王在开发区一大厦门前闲逛，一汉子抬手拦住了老王。汉子背个大包袱，气喘吁吁地来到老王车跟前，并不急于上车，而是腾出一只手抓住老王的车门问：到火车站怎么走？老王如数家珍地说，到火车站有三条路。一条是从南二环，过庄子大道和蒙凤路，再左拐进周元路就到了。再一条是直接从市府大道，穿过茨淮路农贸市场，走儒学巷就到了。还有一条是从这儿出发，绕过庄子像和大花园，往左经过嵇康路、南华路，再右拐进希夷大道，右拐进立交桥往左就到了。老王跑出租时间长，这个城市的地图就画在老王的脑子里，他介绍得十分详细。

汉子额头上沁出汗珠问，走哪条路最便宜？老王回答，走第二条路二十块钱，另外两条都在三十元以上。汉子二话没说，把大包袱塞进座位上，坚定地对老王说，走第二条。

老王发动车子，沿自己介绍的第二条路奔火车站去。不过，这条路要过茨淮路农贸市场，人多路窄。车子如蚂蚁似的艰难爬行，中间还熄了两次火。老王累出一身汗，终于到了火车站。汉子在后座位上睡着了，正打着呼噜。老王喊醒汉子，汉子睁开眼，看一下手表，兔子似的从车里钻出来，然后狂跳不已。汉子本来要回老家的，可是现在晚了点，火车已鸣响长笛，呼啸而去了。

汉子埋怨老王，老王也感到委屈。老王说，你没说要赶车，只说哪便宜走哪，能怨我吗？老王振振有词，汉子无可奈何。

汉子再看看表，又上了老王的车。汉子说，回原地点。不过，走第一条路。老王提醒说，走第一条路要多花十多块钱呢。汉子说，要不快点，怕赶不上工地上的晚饭了。汉子好像对老王说，又好像自言自语。

打　包

　　老王将剩饭剩菜打包，是为了避免浪费。本来是个好事情，理应受到称赞。而国人最在意的还是面子，面子在心里比天高比海大。老王的面子，在事实面前，纸一样的薄。

　　老王若在外面吃饭，临走，喜欢将剩菜剩饭打包。

　　有人就悄声细语地告诫老王，老王啊，要这些残羹剩饭干什么？多少人下的筷子，不卫生。拿回去之后，还怎么吃？

　　劝者是好意，而老王似乎不太领情。老王高声大气地说，这还怎么吃！你不知道呀，家里喂一只馋嘴的狼狗，牛似的能吃，咱还得靠它看家护院嘛。

　　有时，见老王打了一包又一包，怪费事的。便有人过来帮忙，干脆将剩菜剩饭一股脑倒在一起算了。可老王不干，老王嘴里说，这个荤的那个荤的放一起，那个素的跟那个素的放一起，别放混了。

　　帮忙的人好奇。问老王，你家的狗还蛮讲究嘛，荤的素的倒在盆里还不一样？

　　老王神秘地告诉大伙儿，哎，你还别说，我们家的大狼狗是纯种藏獒，吃的喝的还真特别讲究。它不仅荤素不混以外，还不吃辣的和甜的。有一回，我带一包辣子鸡回去，狗吃了叫了一天一夜。那叫声特别怵人，吓得邻居家的孩子都睡不着觉。还有一回，给它甜的吃，它闻都不闻，愣饿了一天一夜。

　　总之，老王家的狗被老王说得神乎其神。

　　有人又问，老王啊，你家的狗是公的还是母的？

　　老王笑着的脸忽然绷起来，你问这是什么意思？

　　那人怕老王误会，连忙解释，没别的意思，下一窝给我留一个，俺也来养一个。

老王的脸由阴转晴，继而又一脸灿烂。忙说，对不起，我们家的狗啊，是公的。

尽管老王家的狗神乎其神，但谁也没见过老王家的狗。

有一天晚上，单位搞联欢。大伙儿那个高兴啊，一过一年的，难得在一块聚一聚，所以都喝高了，老王也不例外。办公室的陈主任见老王喝多了，安排刚上班的小张送老王。小张是个文面书生，不喝酒。叫小张送老王，陈主任放一百二十个心。陈主任还安排小张一件事儿，按老王的习惯打包，一并送老王家，给他喂狗。你看这满桌满案的饭菜，倒掉了怪可惜的。

小张把老王送回了家。出门的时候，对老王老伴说，打了三包狗食，放在门旁的花池子里，别忘了拿去喂狗。

第二天，小张发现自己的一串钥匙掉了。左思右想，可能昨晚送老王的时候，随手放在老王的茶几上去了。一上午，办公室迎来送往，特别忙，也没来得及问一问老王。

忙完工作，已经中午十二点了。小张想，这会儿老王家肯定有人，转个弯顺便到老王家取回钥匙。

小张进门，老王两口子正在吃饭。满桌子的鸡呀鱼呀的，小张兴奋地说，你们两个人，还搞得那么丰盛？

老王让小张喝一杯，小张拿到了钥匙也不客气，在老王两口子的对面坐了下来。

坐下来之后，小张才发现老王桌子上的菜，和昨天自己给他打包的一模一样。小张心想，这不都是狗食吗？

老王让小张吃菜，小张推说没胃口，一筷子也没动。

不知什么时候，桌子底下跑过来一只小土狗，咯咯吱吱地啃骨头。见到那只狗，小张问老王，你家的大狗呢？

老王脸上红一块紫一块的，被一块鸡肉堵得一时说不出话来。

老王老婆怕小张误会，回说，他啊，走亲戚去了。老王老婆说的是自己的儿子，儿子的小名就叫大狗。

小张心想，狗也走亲戚？见老王瞪老婆的眼睛像鳖蛋似的，好像要把她给吃了。老王觉得自己说错了话，像孩子似的红着脸低着头。

小张见势头不对，像狗一样逃出老王的家。

拐　杖

一个平常的拐杖，张三觉得好玩，就玩了一下。李四开始不知道张三在玩，当他知道张三在玩时，觉得张三这个人不好玩。张三与李四的玩，暴露出人性的脆弱。

张三游泰山，买了根木拐杖。有了这根拐杖，上山下山，张三轻松多了。

张三心想，多亏了这根拐杖，否则还不把自己累毁。

张三把拐杖带回家，对老婆说上泰山累啊，多亏了这根拐杖。

有一天，张三出去散步。临出门，瞅见门后的那根拐杖。张三突发奇想，带上它，走累了，可以借把力。

到人民广场，张三已大汗淋漓。往回走的时候，张三拄着拐杖。

碰到李四。李四是张三的朋友。

李四哎哟惊呼，张三你怎么了？李四边关心张三，边上前几步扶住张三笨重的身子。

张三喘得很厉害，连笑容都颤了颤。张三断断续续地说，没什么……

张三啊，都拄拐杖了，还说没什么？李四的眼眶里闪动着泪光。

李四心想，平时张三的身体多壮啊，如牛。怎么说不行就不行了？看来，病得不轻。

第二天一大早，李四就敲开了张三的门。李四没进门，就从一辆三轮车上搬下鸡蛋、脑白金、水果、方便面等一大堆东西。

张三老婆惊奇，李四，你这是干什么？

李四责怪张三老婆，弟妹啊，我和张三是什么关系？铁哥们！张三病了，我

李四能不来看看他。

张三老婆一头雾水。回头看张三，张三脸上笑眯眯的，手里多了一根拐杖。

张三忙说，其实也没什么，前天拖地的时候，跌了一跤。

李四走后，张三老婆问张三，你什么时候拖的地？什么时候跌过一跤？

张三脸上笑眯眯的。去年，李四跌过一跤，我不也去看过他吗？这样好，谁都不欠谁的。

老婆觉得拄着拐杖的张三怪怪的，笑眯眯的皱脸里藏着东西。

张三老婆喜欢打麻将。一开始是小打小敲，输赢没有大意思，图个消磨无聊的时光。后来打上了瘾，不分白天黑夜地打。而且赌注越来越大，胆子也越来越大，一次输个三千两千的，眼皮都不眨一下。

张三撑不住，因为张三的收入是有限的。张三一开始是劝，后来是打，再后来，就是忍痛割爱将老婆扫地出门。

张三老婆临走，咬牙切齿地骂张三，没良心的张三！虚伪的张三！小人张三！

张三曾经的老婆碰到李四，告诉李四，张三是小人！张三那次拄拐杖是装的，根本没事儿。

李四说，别胡说，张三是不错的。

张三老婆对李四瞪大眼睛，你真傻，张三哄死人不抵偿。

李四肚子里如喝进一瓶醋，酸溜溜的。

李四到人民广场散步，碰到了张三，张三手里拄着拐杖。

李四脸上笑眯眯的，怎么，摔了？李四心想，装的。身体壮得似牛，能有什么病？

张三龇牙咧嘴回说，摔了，摔得不轻。

李四没接张三的茬儿，树叶儿似的飘走了。

其实这次张三真的摔了，而且股骨还摔断了。张三见到李四不阴不阳的，心里一万个不得劲。

俗话说，伤筋动骨一百天。三个多月后，张三才能丢拐杖。丢下拐杖的张三觉得不拄拐杖真好。

张三仍坚持到人民广场散步。

张三再碰到李四，有意从旁边绕过去。

李四头迎张三的时候，也从旁边与张三擦肩而过。

再一天，张三又碰到李四。张三没绕过去，李四也没绕过去。张三不只看到李四，还看见李四臂弯里那个打扮得狐狸似的妩媚的女人——张三曾经的老婆。

张三一愣神，一辆车撞过来，张三倒下了。

重新站起来的张三，再也离不开拐杖了。

装路灯

　　王三喜从镇上回去后，大伙儿再追问，王三喜只是说，性子急不能喝热稀饭。这件事呢，盲人磨刀——快了。

　　王三喜那几天坏肚子，由于家里没有卫生间，只有没日没夜地往公共厕所跑。好在公共厕所离王三喜家并不远，走过一个小胡同再拐一个大胡同就到了。

　　这天夜里，尽管睡前王三喜吃了药，但到了后半夜，王三喜的肚子蛇咬一样的疼。没办法，王三喜只得披衣下床，迫不及待地往公共厕所跑。胡同里没有装路灯，黑灯瞎火的，加上那天风高月黑，王三喜一不小心被半截砖头绊倒了，嘴啃到硬地上，门牙磕掉一颗。

　　躺在医院的病床上，王三喜疼得龇牙咧嘴的。左邻右舍去看他，关心了一番他的病情后，都齐声抱怨街道办事处，怎么不在胡同口安装路灯呢？真是！只知道伸手问我们要这要那，却不干一点积德行善的事儿，都是些只吃粮不办事的货！大伙儿说到气处，唾沫星子溅得满病房飞。

　　李拴柱忽然咦了一声，然后手指着床上的王三喜说，三喜啊，你不是镇人大代表吗？干吗不向城关镇提一提？给我们街道的胡同都安上路灯！

　　还别说，李拴柱这一嗓子把大伙儿的兴趣调动起来了。连王三喜都口齿不清地说，拴柱说得对，今年再开人代会，我得像模像样地代表大家提一提这个问题。

　　每年的例行人代会说开就开了。王三喜在这个会议上提出了《关于在胡同安装路灯，方便群众生活》的建议。

　　散会以后，王三喜仿佛从身上卸掉一块大石头。他如释重负地对大伙儿说，提了，那路灯的问题提了。

　　大伙儿都很感激王三喜，异口同声地说，还是三喜替我们办实事啊！

　　时间转眼过去了两个月，胡同口照样黑灯瞎火的。大伙儿就去找王三喜。王三喜也一头雾水。王三喜眉头仿佛安上一把锁似的，不对啊，我是亲手将建议交给赵镇长的。而且，赵镇长还拍着胸脯保证，照办！照办！群众利益无小事嘛。

　　第二天，王三喜带着大伙儿的疑问去了镇政府。正好赵镇长一行人从大门里往外出，王三喜认真地向赵镇长说明了来意。赵镇长拍着王三喜的肩膀说，小伙子，别急嘛，镇里上上下下几万口人，需要解决的问题一大堆，总得一件一件地办吧。

　　王三喜仔细想想，也是，凡事总得有个先来后到吧。

　　王三喜从镇上回去后，大伙儿再追问，王三喜只是说，性子急不能喝热稀饭。这件事呢，盲人磨刀——快了。

　　过罢春节，胡同口来了一大帮施工的人。大伙儿一问，是装路灯的。大伙儿听后都十分高兴，仿佛春天的第一缕风就吹在自己脸上似的。由此，大伙儿见了王三喜，情不自禁地竖起大拇指。

　　正好街道办的刘主任醉醺醺地从胡同口过，大伙儿正在夸王三喜的好。

　　刘主任气愤地说，球！你们知道个球！

　　大伙儿向来对刘主任不怎么样，纷纷上前让刘主任说个明白。李拴柱拽住刘主任的褂襟子，心里说，不说明白，休想走！

　　刘主任无奈，才垂头丧气地告诉大伙儿。自己刚从镇里回来，挨了赵镇长的一顿骂。赵镇长昨天到马县长那儿汇报工作，马县长把赵镇长骂得狗血喷头。大前天晚上，马县长的儿子没上晚自习，几个小哥们逃学从学校出来去歌厅，因这儿没有路灯，马县长的儿子没小心，门牙磕掉了一颗。

眼 跳

　　张三的迷信，来自"左眼跳财右眼跳挨"的古老话题。张三把其用在自己的身上，并且处处按照这个原理行事，事实却反其道而行之。

　　这两天，张三的眼跳得厉害，想不让它跳都不行。

　　张三揉了揉眼。心想，跳什么跳？

　　但揉眼的时候，张三却乐了。张三跳了两天的眼是左眼。

　　俗话说，左眼跳财。

　　这就是说，张三即将交财运了。想着想着，张三止住了揉眼的手，干脆冲着太阳的方向让它跳个够。

　　第三天下午，果然张三交了财运。赌场上臭名昭著的张三，一口气赢了三百块钱。张三的牌顺，无论怎么来，张三都赢钱。

　　之后，张三的眼就不跳了。

　　张三觉得生活很有质量，从来没有过的幸福感，突然就笼罩在自己的头上。

　　张三就企盼自己的眼，什么时候再跳起来。可跳得很欢的那只眼，再也不跳了。躺在床上，张三用食指和拇指启动一下眼皮，然而没有跳。

　　有一天，在张三快要忘却眼跳这回事的时候，两张沉重的眼皮跳了起来。

　　张三高兴得从床上蹦起来。

　　但张三真的没高兴到底，张三发现，这次自己跳的是右眼。

　　俗话说，右眼跳挨。

　　也就是说，张三要挨打。很显然，这不是一个让人高兴的信号。

　　张三就用手揉，跳。用热毛巾敷，还跳。跑到浴池里泡个热水澡，仍跳。张三心里说，怎么回事儿？

张三睡不着觉，眼就直跳。眼越跳，张三越睡不着觉。张三在床上翻来覆去，像烙煎饼。老婆不愿意，张三，你还让不让人睡？张三说，睡不着，眼直跳。老婆一怒之下，去睡客厅。张三想找个倾诉的人儿都没有。

李四的影子在张三的脑袋里闪了闪。又从张三跳动的眼睛里跳出来。

张三约了李四，把自己的烦恼跟李四说了。

李四一开始劝张三，不要信那一套。

张三坚持信，还把上次赢钱的事儿说给李四听，才引起李四的重视。李四说，如果这么说，你要注意。

表情凝重如乌云压境的李四问张三，最近得罪了谁？

张三想了想，是得罪了王五。王五本来想占单位的便宜，领导明知道也没说，而我却说了。后来，王五就不搭理我了。

李四告诉张三，一定要注意，说不定让你挨打的那个人，就是你得罪的王五。宁得罪君子，不得罪小人嘛。

李四的提醒，让张三千恩万谢。

张三就处处防着王五。

有一天，张三的眼不跳了。张三没挨打。

张三觉得李四够朋友，看来应该小心谨慎。否则，真挨了打还不知道怎么回事儿呢。

张三请李四喝了两回酒。李四要埋单，张三死活都不愿意。

张三正在上班，领导找张三。

领导问，张三，你最近在干什么？

张三疑惑，没干什么，上班回家，回家上班，两点一线。

领导阴声怪气地说，做人要光明磊落，不要搞阴谋诡计。领导说话的语气，如一块石头砸在张三的身上。

张三听说，王五被人打了，住进了医院。张三还听说，打王五的人十分高明，趁他走巷口，砸的是黑砖。

张三想，这黑砖是谁砸的呢？

想着想着，张三的右眼突然跳了起来。

第二天，张三悄悄住进了医院。张三想，无论花多少钱，也要把跳眼的毛病给治下去。

遛 狗

老王退休了，乐此不疲地遛遛狗，既消磨了时光，又强身健体。可是，老王在遛狗的时候，碰到了县长，老王一手握着县长，一手牵着狗，居然弄出个"事件"。

老王退休后，闲居家中。儿子孝顺，弄条大狼狗，让老子消磨时光。

老王打心眼里高兴，每天出来散步捎带着狗。怕狗伤人，老王花半个月的退休金，打一条半铁半铜的粗链子。套上链子的狗很不自在，一会儿窜到马路上，一会儿窜到花池里。老王边对狗呼来唤去，边用足手劲矫正前进的方向。往往散步回来，老王累得筋疲力尽，倒头便呼呼大睡。

老伴笑逐颜开，儿子也喜上眉梢。望着酣睡在床上的老王，老伴无比自豪地对儿子说，你爸这老东西，退休了，吃得饱睡得香，还担心他不适应呢。

老王又累又困，总想多睡一会儿。可狗遛上了瘾，不仅把链子拧得哗啦啦响，还叫出不耐烦的声音来，弄得老王坐卧不安。

那天，雨后天晴，阳光明媚，微风习习。老王心情舒畅，狗也欢快无比。这一人一狗，徜徉在市民文化广场，引来无数好奇的目光。

有人喊，王科长。老王稍做停顿，但很快摇头叹气，继续被狼狗牵着走。

又一声王科长传过来，老王回一下头，看到刘县长。老王忙说，小刘啊，不对，刘县长是喊我吗？

刘县长上前几步一把攥住老王的手，说是喊您老，听说您退了，想去看看您，忙，一直没抽出时间。

一缕阳光透过树荫照在老王额上，老王感觉心里暖暖的。这小刘啊，当初在自己手下干过，那会儿还是个毛头小伙，如今有知识有文化就是好，只十几年的光景，就当县长了。小刘虽然位高权重，但对老同事老领导十分敬重，无论在哪里见面，都是一脸的谦虚。

刘县长攥住老王的手，嘘寒问暖。

狗走不动，可着劲地往外挣，弄得老王的胳膊肘儿既酸又疼。

老王那一天过得十分惬意，回家让老伴弄两个菜，将多年珍藏没舍得喝的茅台酒开一瓶，有滋有味地喝两盅。自己喝兴趣不高，一个劲地劝老伴也喝一口。老伴虽然不喝酒，但心里如猫爪子挠得一样舒服。

何局长打来电话。何局长跟老王谈上午的事儿。何局长语重心长地说，老王啊，你想想，你一手牵着狗，一手握着刘县长的手，让刘县长怎么想？即使刘县长没想法，让过路的群众怎么想？这事若传出去又让全县人民怎么想？

何局长是老王的顶头上司，尽管自己退了，可儿子和媳妇还在单位上班。一想到这些，老王的头就大了。

老王说病就病了，浑身跟散了架似的，没有四两力气。老伴急忙喊来儿子，说你爸刚才还有吃有喝的，怎么说病就病了。儿子不敢怠慢，叫辆救护车将老王送进医院。

经过一番检查化验，老王除了高血压的老毛病，没有什么病，可老王依然头晕脑涨。

又一天，老王病房里涌来一大堆人，为首的就是刘县长。刘县长坐在病床上，双手攥住老王的手，老领导，怎么说病就病了，要保重身体啊！

从医院出来，老王遛狗的次数明显减少了。即使偶尔出来散步，也不到广场等公共场所，而是专拣小街背巷转转。

后来刘县长提拔到市里任职。

大街上、马路边、公园里经常闪现老王遛狗的身影。狼狗更壮了，老王的脸上也浮现出酡红。

这老头，啧啧，真幸福！过路的人们十分羡慕地说。

茶话会

　　辞旧迎新之际的茶话会，开得隆重而热烈，热闹而团结。大话、空话、套话、假话，话话在理。习惯了这种场合的人们不厌其烦，又把此会延伸到饭店里。

　　辞旧迎新之际，王局长到任了。王局长决定，借机召开一个茶话会，听听大家的意见。

　　王局长安排办公室周主任，茶要新的，瓜子糖果要好的，会场布置要别具一格的。总之，要以这次茶话会为契机，广开言路，吸纳建议，集思广益，群策群力，达到统一思想，提高认识，轻装上阵，推动工作的目的。

　　会议如期举行。尽管外面寒风阵阵，雪花纷飞，但是宽敞明亮的会议室里，灯火辉煌，暖意融融。周主任刻意在圆桌的中间，摆上六盆鲜花，寓意六六大顺。桌面上，香茶雾气缭绕，瓜子水果糖点一应俱全。大家个个面带笑容，精神抖擞，容光焕发。

　　王局长清了清嗓子，声似洪钟先说了。今天，把大家请来召开茶话会，目的我已经跟周主任交代了，希望大家直抒胸臆，畅所欲言。既然是茶话会，我的理解是这样的：茶，就是喝茶，喝好茶，喝透茶；话呢？就是说多话多说话；会嘛，就是告诉大家我们仍然是在开会，要注意会议纪律和会场秩序。当然了，喝茶说话开会的同时，大家不要忘了吃点水果瓜子。反正吧，这个会议不同于日常的会议，大家要扣住主题。既严肃，更要活泼。发言的时候，大家不要再让点名了，谁想好了谁说，说不尽的，想起来后可以再补充。好，我不赘述了，开始吧。

　　一阵经久不息的掌声之后，会场响起嗑瓜子的声音，吃水果的声音，和大家响亮的喝茶声音。

赵科长下意识地将了将袖子，目视了王局长一下说，我先说吧。赵科长是人事科长，一般的会议，只要有赵科长参加，都让他先说。赵科长说三个没想到：没想到我局今年的形势那么好。超额完成了上级的任务，实现社会效益和经济效益的双丰收。没想到我局职工的素质那么高。在全市业务技能选拔赛中，全部升级达标，而且在前三名当中，我们占前两名。没想到王局长一到任，大家的干劲那么大。这短短几天里，可以说大家夜以继日，不计得失，自觉自愿，各项工作有声有色。赵科长三个没想到刚说完，大家的掌声雷动，有的同志的手掌拍红了。赵科长如红脸公鸡似的冲大家点点头，谢谢！

钱科长咳嗽两声，示意大家安静，自己要发言了。钱科长是管计划调拨的，局里的主要岗位重点环节重要关口。钱科长说，我的体会与赵科长有所相似，但又有所不同。我说的是四个好：一是作风好。俗话说，有什么样的政风，就有什么样的作风，这话一点也不假。关键时刻，大家心往一处想，劲往一处使，拧成一股绳。今年的业绩就是最好的明证嘛。二是干劲好。大家好好回忆回忆，谁没加过班？谁没熬过夜？谁没被老人孩子老婆丈夫批评过呢？不都是为了工作嘛，吃点苦受点累生点冤枉气算什么！三是领导好。特别是王局长到来的这几天，大家空前的团结，空前的具有凝聚力。大家一致认为，王局长是个好领导，遇到这样的好领导，谁不甩开膀子干，谁就对不起好领导。四是队伍好。这个问题，刚才老钱说了，他最有发言权。

孙科长等得不耐烦了，一块糖果将他的腮帮子撑得鼓鼓的。老钱长篇大论的发言，让他的两只眼睛鼓鼓的。钱科长的话把子还没打住，孙科长就急不可耐地接着说了。我来说两句，不想耽误大家宝贵的时间。鲁迅先生说过，耽误别人的时间，无异于图财害命。我只讲两点：第一嘛，是过去我们干得怎么样？第二嘛，今后我们怎么干？我想第一点我和大家的感受都是一样的，没有什么本质上的区别，取得的成绩是无可挑剔的。关于第二点，我有四个方面的看法，王局长的到来，为我局的工作注入新的激情和活力；王局长的到来，为全体职工带来无比的工作热情；王局长的到来，为我们树立了很高的标杆；王局长的到来，必将使我局的工作百尺竿头更进一步。

大家觉得信息科的孙科长的发言有味道有深度，纷纷鼓起掌来。只有王局长没鼓掌，王局长手捧茶杯若有所思，一副大智若愚的神态。

财务科的李科长平时是乐于行讷于言的同志，这次可能让良好的会议气氛感染了，也积极要求说两句。李科长说，说句老实话，我内心很矛盾。作为财务科长，我有喜有忧啊。虽然我局的支出指标超出了上级的规定，但是回过头来看看我们的业绩，哪一项不超过上级规定的指标呢！所以，在忧虑的同时，我激动我高兴我快乐。

会议开得很晚，仍有大部分同志没能发上言。最后，王局长总结，到心怡大酒店，大家边吃边喝边讨论。讨论的重点，不要讲大话空话假话，要落脚到明年怎么干上。

大家吃得很好，喝得很好，讨论得也很好。局里的几朵金花左一杯右一杯灌赵钱孙李。她们的理由也十分充分，她们边灌边振振有词地说，我们的话语权都让你们霸占了，你们不喝谁喝！

愚人节快乐

花局长在愚人节这一天，准备安排一个重要的谈心活动，却收到一个愚人的短信。短信的愚人让花局长茅塞顿开，他也想玩一下愚人的游戏，而一切的一切，让花局长真假难分。

花局长坐在宽大的办公桌后面，等待着与局里的职工谈心。等了半天，不见一个人影，花局长胸中的怒火就慢慢燃烧起来了。一手抓起电话，正要对办公室李主任发火，手机里来了一条短信。打开一看，是好友张三发来的：都市经典888厅，三缺一。

花局长的怒火才慢慢熄灭，脸庞飘过灿烂的朝霞。花局长心想，回头再找他们算账。随手拎起皮包，装作去开会的样子，大模大样地走出办公室。

一到约定的地点，没见张三，也没见其他人。一台高档的自动麻将机，在大厅中央静静地躺着。

花局长拨通张三的电话，张三在那头哈哈大笑：花花，愚人节快乐！花花，是张三对花局长的昵称。

花局长恍然大悟，这回又让张三这东西涮了。转回来一想，觉得安排今天与大家谈心的确不是时候。

服务员端来一壶香茶，花局长边喝茶边想心事。想着想着，花局长就想到陈小倩。陈小倩是花局长的小情人，长得漂亮水灵，招人疼爱。花局长想，麻将搓不成，让陈小倩来陪喝茶也不错。手指一阵翻动，花局长给陈小倩发去一条短信：倩，来都市经典888喝茶。

三杯茶下肚，不见陈小倩的影子。花局长急了，赶快拨通陈小倩的电话。陈小倩气喘吁吁地接电话，你不是找职工谈心吗？愚人节快乐！

花局长刚想说，谁骗你啦，我舍得骗你？宝贝！但是陈小倩匆匆忙忙挂上了电话。

花局长胸中的怒火又燃烧起来了：这小妖精，又不知在干什么？

了无趣味的花局长只好回家。进入天静苑别墅区，花局长远远就看见老婆的白色奥迪车停在自家门口。摁了半天门铃，屋里却没有一点动静，花局长极不情愿地掏出钥匙把门打开。楼上楼下来回跑了三趟，左看右看也没瞅着老婆。花局长就用手机拨通了老婆的手机：在哪？老婆和风细雨地回答：老花，我在家，不在家能在哪？花局长一听脑袋就大了，说话的声音有些颤抖：你说什么？你在家！老子现在就在家里，怎么没见到你！老婆那边忽然理直气壮起来：你在家？你什么时候这么早回过家？今天是愚人节，别以为我不知道！

花局长心口一阵疼痛，可能心脏病又发作了，急忙从口袋里摸出几粒速效救心丸。

儿子蹦蹦跳跳地从学校放学回家，进了门就将一张试卷扬到花局长面前，嘴里快活地嚷道：爸爸，我今天考了100分。

花局长接过儿子的数学试卷，一看分数那一栏，真的用红笔写着100分的字样。花局长正在胸中燃烧的怒火慢慢熄灭了，自从儿子上一年级起，从来没考过100分呢。

花局长却一巴掌甩到儿子脸上：臭小子，连你爸都敢哄！

儿子捂着红肿的脸，泪水滂沱。

花局长的电话这时响了，一接是班主任丁老师的。丁老师兴奋地说：报告领导，你孩子的成绩最近突飞猛进，数学竟考了100分，您做梦都没想到吧！

当晚，花局长住院了。

七条和八万

　　七条和八万是一对无聊的姐妹，无聊就能弄出许多"八卦"，就能弄出无中生有的东西。我夹在其中，"八卦"过，无聊过，无中生有过。

　　我和八万一个办公室。

　　每天点过名或开过会后，七条会准时来我们办公室上班。

　　七条是来找八万的。七条找八万常年大概只有一件事：唠嗑。东一句西一句，天南地北海阔天空，七条和八万仿佛总有说不完道不尽的话题。

　　开始，七条来的时候，我会主动端茶倒水，并且不失时机将她们的水杯空余的地方加满，然后十分知趣地悄然离开。毕竟是两个女人说话，一个大男人挤在中间没必要，也没意思。

　　七条冲我离去的背影抛一个媚眼。我想，八万也会。

　　这期间我该去的地方都去过，整个大楼实在没有地方可以去了。领导找我谈话，说你上班不在办公室东游西逛什么？游能游出效能？逛能逛出成绩？

　　回到办公室，七条和八万还在唠嗑。

　　我想不能再东游西逛了，否则领导还会找我谈话，甚至给我做上一双小鞋。

　　我装作学习很投入的样子，将明亮的脑袋深深埋在张开的报纸里。

　　七条说，眉毛重，眼睛也大。

　　八万说，个头高，一米七五有吧。

　　七条说，当兵的出身，走路很有劲。

　　八万说，只是婚姻不幸，找个老婆原来是老总的二奶。

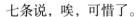

七条说，唉，可惜了。

七条和八万肯定在唠一个男人。女人的话题离不开男人。就像男人的话题离不开女人一样。

对于七条和八万的描写，我在心里给那个男人搞个画像。突然吓一身冷汗，乖乖，这个男人的外貌特征跟我竟然如此惊人的相似。

我有事没事开始往家里跑。在七条和八万上班高峰的时候，我选择了提前下班。

妻子满脸疑惑，说你怎么了？作为一个顶天立地的男人，应该上对得起组织，下对得起家庭吧。

此后，我坚守工作岗位，并给自己制定出目标。每天坚持把报纸看一遍复习一遍，茶喝一壶不够再来一壶。

七条和八万还在唠永远唠不完的话题。

有一天，七条哭了，花枝乱颤。七条边擦眼泪边说，我的命好苦啊，老天怎么让我摊上这个不是东西的东西？七条说的不是东西的东西，肯定是她男人。

八万眼睛迷离好言相劝，过日子比树叶子还稠，谁家没有沟沟坎坎的，家家都有一本难念的经。听八万这么一说，我猜想她的男人也好不到哪里去，日子过得也好不到哪里去。

七条说，离！我明天就去离！

八万说，离什么离？千万别犯傻啊，像我们这样的年龄上有老下有小能容易吗？

整个办公室，被七条和八万弄得湿湿的，我的心也湿湿的。回过头来想想，虽然我和妻子的婚姻不尽如人意，但是七条和八万不也是不尽如人意吗？以此类推，天下男女的婚姻，又有几对是尽如人意的？

三八节，我照常上班。八万没来上班，七条也没来上班。那一天，我过得索然无味。没有七条和八万的日子，我的日子倍受煎熬。我已经习惯了与七条和八万的日子，或者说已经习惯了七条和八万。无聊之中忽然想起一件事，我立即编辑一条短信给八万发过去。毕竟同在一个房间里呼吸，身上都少不了彼此的气息。同样，我将这条信息也发给了七条。那天是她们共同的节日。

七一前夕，领导安排我收党费。在这样的机关单位，领导叫干啥就干啥保证没有错，说不准还会有天上掉馅饼的机会。

在统计上报名单和数字时，才发现真的将七条写成七条将八万写成八万。要知道，这可是一件十分严肃的政治问题。七条和八万都有十分美丽而响亮的名字，怎么能将其外号写进党员名单呢？况且，七条八万是我私自给她们起的外号，甚至连她们自己都不知道谁是七条谁是八万。我决定必须把她们的外号改过来，可是一时真的想不起她们美丽而响亮的名字。这不能不说是我做人的失败，抑或是悲哀。

由于长期久坐，我工作业绩不突出，腰椎间盘却特别突出。医生说，如果不及时做手术，下半辈子可能只能在轮椅上生活了。

我打了麻针被推进手术室，七条八万通过关系慌里慌张撺进来探望我。

七条说，这死幺鸡，傻是傻点，倒是傻得可爱。

八万说，是傻得够可爱的。

我虽然不能说话，但是我的听力依然不错神志依然清晰。七条和八万说的幺鸡就是我。

我流出了两行热泪。

医生安慰我说，别怕，小手术。

从微笑开始

她遭遇了他的微笑，阳光明媚，温暖真挚。自然，她陶醉其中，并且以身相许。当真相大白时，她才发现那个招牌的微笑，原来只是个美丽的骗局。从微笑开始，却在悲伤中结束。

当她发现钱包丢了时，已经下到地铁站里。

她找零钱，没找到。意外看到一道笔直的刀口，横亘在自己粉红色的挎包上。

从庄子花园小区出来，穿步行街，过二马路，再逛环球商场。一路走来，她都是十分洒脱的。

她无奈叹息。怎么办？怎么能回到庄子花园那个四季如春的别墅区。

轰轰隆隆的地铁，好像一条条被顽皮孩子遥控的玩具，来来回回重复着同样的速度。

她想干脆走过去，当一回逃票客又当怎样？可是，她不能，她一直认为那是世上最丑陋最肮脏的事情。

她将目光投向东南西北，渴望碰到一双熟悉的眼睛。不！哪怕一个熟悉的背影也行。

可想而知，在这个人海茫茫的大千世界上，找一个熟悉的背影是何等的不易。

列车轰轰隆隆地来，又轰轰隆隆地走。

她几乎要流下泪水。理智告诉她，坚强，坚强，没有过不去的坎。

慌乱中，她注意了他。在咫尺之间，他在盯她。

他似乎看出她的焦急，却不知道她的不安在哪里？他冲她微笑，似乎要表达什么。若在平时，她不会注意他和他的微笑。因为每天，她面对的微笑太多太多。

再多的微笑，对她来说都是一种献媚，乃至一种讨好，一种自找难看的无趣。

他依然微笑着问她，去哪里？

去庄子花园。她回答得有气无力，或者说气若游丝。

噢，真巧，我也是那个方向。他依然微笑。

他买了两张票。她装作掏钱，被他抢先了。

坐在列车上，她想，等有一天，如果有机会，还他两块钱。不！十块钱，一百块钱也没什么大不了的。但区区两块钱，足以让她心存感激。

分手时，他给她一张名片。他还说，也许，我们有机会再坐同一辆列车。

她不置可否，点点头。

机会真的来了。那是一个星期后，在庄子花园始发站，她见到了他。她去买票，被他拦住了。他说，哪有让女士破费的道理。

本来，她觉得欠他一张票。他这么说，突然觉得理所当然。同样理所当然的，她冲着他的微笑微笑着。

大约在半年的时间里，他们经常在地铁里碰面。他坐在她身边，她坐在他身边。他们谈工作，谈工作上有趣的事情。他们谈生活，谈生活中有趣的事情。

有一天，他们谈到咖啡屋。

再一天，谈到了床上。

男人和女人之间，隔了一屋窗户纸，一旦捅破了，什么秘密便没有了。

他们一日不见，如隔三秋。身体的交织和缠绵，让他们觉得生活很好，阳光很好，爱情很好。

有一些日子，他疯狂地抽烟。弥久不散的烟雾，笼罩着他紧锁的眉头。

她心疼得要命，什么事？遇到什么难题了？

他吐一口烟，叹一口气。他说，他做一笔大生意，资金不足。如果资金能跟上，他就可以拥有一幢属于自己的别墅，还可以有一辆世界级的跑车。

她几乎未加思索，就将一张金卡交给他。她衷心希望他富有他幸福。他富有和幸福，就是自己富有和幸福。她幸福地想。

幸福似乎十分短暂，到秋分那一天戛然而止。连续三天，她没有他的消息。打他的手机，一直处于关机状态。他就像一颗太阳下的露珠，很快消失得无影无踪。

后来，她明白了。一开始，他的出现，就是一出骗局的上演。

现在，她真的一无所有。甚至，找几枚硬币，买张廉价的地铁票都是问题。

她想，天意难违。

终于，她鼓足勇气，给远在美国的丈夫打个电话。来接我吧，我愿意去你那里。

临上飞机，站在舷梯口回头张望，她把一抹微笑投向远方。

心　病

　　张三的心病在那里？自然在心里。张三的心里，本来应该是清静的，可是，现实很残酷，让他清静不下来。

　　星期天，张三在河里钓跑了一条大鱼。张三一夜没睡好，刚一入睡，那条大鱼便在梦里翻起了硕大的水花。

　　直到星期一上班，张三还在想着那条大鱼。

　　张三喝了一口茶，哎呀哎呀直叹气，一屋子的人都用异样的眼睛盯住张三。

　　张三说，哎呀！太可惜了，一条大鱼！

　　昨天，一条大鱼上了张三的钓钩。鱼在水里的劲大，张三提不动竿。张三与鱼较量了个把小时，鱼还是脱钩了。张三累了一身臭汗，坐在河床上狗一样喘着粗气。

　　科长吸一口烟，若有所思地说，大鱼？

　　张三冲科长张开怀抱，伸开两臂说，嗯，一条大鱼。

　　副科长抖一抖手里的晚报，嘿嘿干笑两声，大鱼？多大的鱼？

　　张三勾头看着副科长回答，十多斤，不，二十斤之多。

　　美女小双抿嘴笑，啥鱼？小双不抿嘴便罢，只要一抿嘴，一对妩媚的酒窝便显出山露出水。

　　张三目光转向抿嘴的小双，没出水面呢，浪花很大很大。张三这次把两条手臂举过头顶，十根手指配合两只手掌，夸张地在空中飞舞。

　　一屋子的人都觉得很失望，甚至觉得张三很无聊。一条大鱼，什么鱼？多大？这样一个关键的问题都没弄清楚，怎么能断言是什么大鱼？好在本来就是一个很

无聊的话题，大家此时都很无聊。

副科长再抖了抖手里的晚报，仿佛很气愤的样子，瞪着张三说，张三，你钓的甭是美人鱼吧？

张三平时最忌讳别人戏说他钓美人鱼。张三气呼呼地说，只有他们才钓美人鱼？张三边说，边下意识地指向屋顶。

屋顶上的一层，全是领导们的办公室。大家无聊时，喜欢拿领导们涮来涮去。

李四刚巧从门口路过，下意识地往屋里瞟一眼，正好看到张三那个愤怒的动作，还有张三消瘦得不能再消瘦的背影。

大家集体噤声。唯有张三继续夸张着。

李四已是单位的首副，眼看着将老大取而代之。李四只看到张三那个拙劣的动作，具体张三说什么，李四没听到。

李四没听到，并不代表李四不知道。

年底评优秀，张三的票数居高。可是，李四大笔一挥，将张三连姓带名勾掉了。

张三也知道了这事。张三骂李四小肚鸡肠之后，陷入了另一场沉思，谁把那个无聊的话题，告诉的李四？

张三首先想到了科长。想过之后，张三在心里骂自己小人。科长怎么会干那等事呢？科长工作能力强，待人接物很是厚道。尤其是对张三，可谓无微不至。

副科长？这家伙有点鬼。平时就喜欢跟科长较劲，一较劲就使劲抖报纸。张三觉得没得罪过他，上次两个人练地摊，喝得七荤八素的。

小双也不会。这小妮子正是发情期，最近忙着谈朋友。朋友谈了一个又一个，就是没谈成。可是，小双还是忙，不忙到朋友是不会善罢甘休的。

张三的心里像长了草，草根下面住着一窝饥饿的蚂蚁。

回到家里，张三闷闷不乐。张三想跟老婆说说，又怕老婆叽叽叽！

张三老婆那天却格外高兴，居然主动跟张三打了招呼，张三心里暖暖的。

张三的勇气从丹田升起，一直升到嘴边。张三说，跟你说个事。

张三老婆看着张三，足足六十秒。意思说，有话就说，有屁就放呗。

张三就说了那事，无意中得罪了领导。张三没敢说哪个领导，如果直接说李四，老婆肯定会继续叽叽叽的。

张三老婆说，猪！比猪还猪！张三老婆说着说着站起来，直接用手指头亲吻着张三的额头。

张三的额头被老婆点得麻麻的。

张三几夜没合眼了。张三想睡，可是睡不着。张三的眼睛红了、肿了、青紫了。

科长围着张三转一圈，盯着张三的眼睛。张三，你病了吗？病了就休息，或者去医院看看医生。

副科长把报纸抖得哗啦哗啦响。心想，我春天病了的时候，咋没让我休息呢？加了班，也没落到好。

张三知道副科长的意思。只要科长不在，副科长没少说这事。

张三的身体一天天消瘦下来，走起路来轻飘飘。

张三决定去看医生。

查过来查过去，医生说，没有啥病，好好休息几天就好了。

张三说，我休息不好，天天睡不着，不是病？

病人很多，医生很忙。医生说，下一个。立即上来一个人，把张三挤到了一边。

张三老婆知道张三得罪的人是李四，气不打一处来，张三刚进家门，就被他老婆骂得狗血喷头。

张三真的病了，当天晚上，就被 120 救护车拉到了医院。